隔着马路呼喊你的名字

周伟 著

中国书籍出版社
China Book Press

图书在版编目（CIP）数据

隔着马路呼喊你的名字/周伟著.—北京：中国书籍出版社，2019.1（2024.1重印）
ISBN 978-7-5068-7075-7

Ⅰ.①隔… Ⅱ.①周… Ⅲ.①中篇小说—小说集—中国—当代②短篇小说—小说集—中国—当代 Ⅳ.① I247.7

中国版本图书馆 CIP 数据核字（2018）第 249137 号

隔着马路呼喊你的名字

周　伟　著

图书策划	牛　超　崔付建
责任编辑	尹　浩
责任印制	孙马飞　马　芝
出版发行	中国书籍出版社
地　　址	北京市丰台区三路居路 97 号（邮编：100073）
电　　话	（010）52257143（总编室）（010）52257140（发行部）
电子邮箱	eo@chinabp.com.cn
经　　销	全国新华书店
印　　刷	三河市华东印刷有限公司
开　　本	650 毫米 × 940 毫米　1/16
字　　数	200 千字
印　　张	13.75
版　　次	2019 年 1 月第 1 版　　2024 年 1 月第 2 次印刷
书　　号	ISBN 978-7-5068-7075-7
定　　价	68.00 元

版权所有　翻印必究

目录

隔着马路呼喊你的名字 / 001
拉大锯 / 013
谁扮红娘 / 070
寻找奥西·马斯特 / 105
2037，我的车停哪了 / 176
汗　手 / 182
让你想我一下下 / 190
如此我们无比幸福 / 196
无土之地 / 205

隔着马路呼喊你的名字

隔着马路呼喊你的名字

1

我隔着马路呼喊你的名字,你过了一会儿才迟疑地扭头。我拼命挥手,这时一辆公交车开过,车窗里那些毫无表情的脸茫无际涯,令人绝望。你终于看见了我,愣了一下,然后一辆接一辆的车子把你的脸剪接出笑容、剪成温暖的闪回。

那是我已经不敢期盼的笑靥,我开始挪动脚步。你的笑容越来越近,大概我也在笑。我决定不顾一切地抓起你的手,不让你有任何挣脱的机会,汽车喇叭却在这时响起。"瞎啦你?!"司机吼道,还骂了句粗话。橙色的集装箱贴着我的鼻尖驶过,上面"中国远洋海运公司"的字样模糊不清。

我这才发觉我们已站到了斑马线当中,车流为拖延我们的重逢做着最后的努力。你扭头看了一下,又朝我身后指了指,笑容在出租车顶上向我绽放。我盯着你舍不得回头,我知道自己身后也有个红人顽固地站在行人过街指示灯上。

两边的人潮开始涌动,推动你我就像推动最前端的浪花。我抓到了你的手,你却踮脚送上你的唇。我抬了一下眼睛,人流匆匆,没人注意我们,过街指示灯上的绿人手舞足蹈地催我抓紧。

嘴唇的对接一下子把我接到了过去。是你提出分手的,时隔数月又在马路上与我接吻,而我只不过是喊了一声你的名字。绿人此刻已不再进行煽动,时隐时现地准备退却。我偷偷抹了抹嘴,把你朝马路边拽。

车轮从我们刚才接吻的地方碾过,你脸有点红,"你,还好吧?"

"还行。"见你还等着我说话,我只好又问,"你呢?"

你垂下眼睛。

"工作不顺心?"

你摇头,低声说:"就是想你。"

你以前也说过这话,那是大学二年级暑假结束的时候。我在假期中给你写了许多既傻乎乎又热辣辣的信,你的回信很短,顾左右而言他。我急了,早早赶回学校,在你返校的当晚就把你约到校外。你不说话,匆匆朝前走,像是赶路。我在后面跟得浑身冒汗,终于一把拽住你的胳膊说:"你到底怎么啦?"

"就是想你。"你说,"这儿有路灯!"

刹那间你的胳膊在我手中温软如玉。

那晚我知道了你的唇温软如玉,后来还有你的身体。几个月前你不再对我温软如玉,可你现在又说"就是想你",而且眼皮快速

隔着马路呼喊你的名字

地挤，很委屈的样子。我能怎么说？

你抬头看看我，说："怎么不说话？"

"说什么？"

你不再问，一把抱住我的胳膊，"走，到我那儿去。"

我可能想表示反对，但腿却不由自主地跨了出去。我从侧面看到了你嘴角翘了起来，忽然觉得自己像一只风筝，在离开你的力和被你抓住的力的共同作用下不知所至。

风筝被你拽上了仄仄的楼梯。

"我们一人一间，她们都出去了。"你掩上了门，回身时红着脸垂下眼睛。

你是在等待我的急不可耐，可我还没结束漂浮状态，刚才隔着马路呼喊你的劲头不知去向。

"怎么啦你？"你等了一会儿，终于抬起眼睛。

"这儿不错，"我说，"真的不错。"我们的大学课本被言情小说掩盖着，提醒我大学生活已经遥远。

"坐吧。"

我正要朝凳子上坐，你拍着床沿说："这儿嘛！"然后白了我一眼。你想使眼神飞扬，但一丝尴尬却使它滞涩。我刚坐下你又说："那么远？"你没抬头。

我不得已朝你挪过去一点，同时听到了自己不争气的心跳。

你把头扭向一边。许久，你说你后悔了，我们好了几年不容易，当时是因为对毕业后的前景感到渺茫而提出分手的。"那不是我真实的意思，你该知道的！"

我忽然发觉你泪流满面，而且没有要擦的意思。我迟疑了一下，向你伸出手。你没看见，只顾说："上班没多久我就后悔了……原先以为生活会不一样……完全不一样,后来我才发现它的确不一样……和我的想象完全…不一样……我、我那样不值……"

这话我那会儿就说过,说到最后几近哀求,但爱情没有商量的余地。这时我想把手缩回来,你却抬起了头。"你能原谅我吗……"你看见了我的手,嘴巴一撇朝我靠过来。你没有倒在我的怀里,而是把额头顶在我的锁骨上。T恤立刻被泪水浸透,凉凉地在我胸前越绷越紧。我搭在你肩头的手不知该不该用劲。

"要不是你隔着马路叫我,我真的不敢去找你……多好啊……你隔着马路呼喊我的名字……"你的额头在我锁骨上摇晃,哭出了声。

你在颤抖,我犹豫了一会儿才用劲握住你的肩,立刻又体会到你的温软如玉。我终于不能自持,猛地把你搂紧。是的,多好啊,我隔着马路呼喊你的名字。这时你推我,我一愣,你深深地呼吸了一口,然后闭上眼睛向我开启你的唇。

你的温软如玉是一口深不可测的井,我不停地下坠,似乎永无尽头。当我沉沉欲睡时,你从我的肩上抬起头来:"知道吗?自从搬到这儿来以后,我睡觉从来没关过灯!"

我说:"怎么?"

"人家害怕嘛!"你说着又贴紧我,"都成习惯了。"

"哦。"我闭上眼睛。失恋使我身心憔悴,你的温软如玉更使这种身心憔悴变本加厉,沉沉得像一座山。

你忽然狠狠地掐我,"人家跟你说人家现在都习惯睡觉不关灯了!"

我揉着胳膊说:"习惯就习惯呗,掐我干吗?"

"那以后就不关灯,让你神经衰弱!"

"嘿嘿。"我努力笑一下,眼皮沉重无比。我决定你再怎么掐都不睁眼了。你"哼"了一声,重重地倒向我,我被你搂得呼吸困难……

这样的重逢近乎完美,我真希望我们的重逢就是如此。

2

我隔着马路呼喊你的名字,你迟缓的扭头标示出你我的距离。我拼命挥手,这时一辆公交车开过,车窗里的那些脸令人不敢正视。你终于看见了我,张着嘴巴愣在那里。更多的车子开过,你的目光透过车子的缝隙,渐渐地有点斜了。

我后悔起来。应该是你叫才对,尤其是在这车水马龙的地方,而且还隔着马路。我只应该在小巷中与你迎面相遇才叫你,即使那样,也得把态度控制得如同周末在很远的地方遇到一个只有工作交往的同事。

你斜视着我,与你头顶上的红人一样高傲且漠然。我扭头看了看身后,我这边也有个红人在为我打气。我们的目光在对方的脸和头顶上的红人之间游移。

忽然,我们都笑了。这的确有点可笑:往日的恋人邂逅在马路上,各自身后站着一个保镖似的红人,虎视眈眈,如临大敌。

这时两边的人潮开始涌动,我们带着还未散去的笑容走向对方。人们从两边越过我们然后会合,像是专门给我们留出了一块重逢的空地。

我心一横伸出了手,看得出你犹豫了一下,然后噘起你的唇。

这是我始料不及的。人流匆匆,没人注意我们,而过街指示灯上的绿人手舞足蹈地催我抓紧。我在你唇上啄了一下,你努力摆出很幸福的笑。

说实在的,我很不自在。是你提出分手的,时隔数月又在马路上让我吻你,可就在刚才你还显得那么高不可攀。我避开你灼人的目光,看着准备退却的绿人说:"要换灯了。到路边去吧。"朝街沿上走的时候,我偷偷抹了一下嘴。

车轮从我们刚才接吻的地方碾过,你脸有点红,但还坚持使目光滚烫,"你,还好吧?"

"还行。"见你还等着我说话,我只好又问,"你呢?"

"就那么回事呗。"

就那么回事。毕业后同学们见面都这样说,但从你嘴里说出来还是叫我犯嘀咕。是和你预期的大体相同呢,还是你也经历了从满腔热情到一盆冰水?

"怎么?"你说。

"不怎么。"

"那你说话呀!"

"说什么?"

"问你自己呀!你隔着马路叫我,就为了和我在路边傻站着?"我顿时面颊滚烫,更不知该说什么了。"走吧,到我那儿坐坐。"你揽起我的胳膊。

我下意识地挺住,"什么?"

"怎么?不想去?"你眉毛一扬。

我熟悉你的这种眼神,而且每次都从其中读出那个意思,它使我无法抗拒或者说无法不做更多的联想,至今仍然如此。我跟着你

隔着马路呼喊你的名字

跨出一步，从侧面看到了你嘴角的笑。我真是被你琢磨透了。我忽然冒出一股怨气，恨你的自以为是，更恨自己明明对你不满却偏偏经不起你的那个眼神，甚至隔着马路呼喊你的名字以期得到它。

我被你的眼神勾上了仄仄的楼梯，心里还拧着，腿却迈得很主动。

"我们一人一间，她们都出去了。"你掩上门，回身看着我，眉毛又有点翘。

你就是那个意思！这再明白不过了，但我不在状态。你坚持要和我分手，害得我走路时不停地东张西望，总想捕捉到你的身影，而你却像什么都没发生过那样，进了房间就关门。我们成什么了？

"怎么啦你？"你大概感觉出了什么，"坐吧。我这儿只有白开水。"

"白开水就行。这儿还真不错。"我说的是真心话。言情小说的后面才是我们的大学课本，房间一下子脱离了女大学生宿舍的那种不男不女的味道，而且这种摆放方式揭示着普遍的现实：大学读完了，谈情说爱该提到首要的位置上来。

我似乎明白了原来你是在社会上摔打了几个月，没找到合适的人，我隔着马路呼喊你的名字，把一个绝好的机会重新交给了你，你喜出望外，于是迫不及待。

"水有点烫。想什么哪你？"

"没什么。"我接过杯子，"你也坐吧。"

你坐到床沿上，说："你刚才在笑。"

我不回答，盯着你看。你说怎么？我说没怎么。你拍着床沿说不想坐过来？你想使眼神飞扬，但其中有一丝尴尬倏忽而过。它提醒了我所受的伤害，可我的屁股已经离开凳子，身与心总是背道而驰。

我沾了点床沿坐下。"那么远？"你挤出一个异样的笑，然后把头扭向一边。我不知是不是该朝你挪过去一点。过了一会儿你说我们都得想开点，好了几年的确不容易，但那是冲动，是对枯燥的大学生活的本能的反抗，现在我们有时间想一想、看一看，说不定我们都能找到比对方更合适自己的人，也说不定我们转了一圈还是觉得对方最好。不管怎样，这都该说是件好事。"我们还可以交往，事实上到现在为止，我对你的回忆都不错。像你刚才隔着马路呼喊我的名字，肯定会留在我的记忆里。很诗意，对不对？不过……"

我等了一会儿才问："不过什么？"

"如果你只隔着马路喊了我一次，你我就又像过去那样属于对方，那我们何必当初？"

我怔怔地说不出话，你给的希望并不是我所希望的。

"别想那么多。"你朝我挪过来，"你先头的样子很可爱的！"

"先头？"

"就是你喊我的时候，傻乎乎的，急得要命。"你凑近我，"真的那么急？"

"什么？"

"假正经。我还不知道你？"你的眼睛又开始放那样的光。

我莫名其妙地就搂住了你的肩，你顺势倒过来，闭上眼睛。你的唇向我开启，呼吸灼热，令我眩晕。我开始动手，故意弄得很重。我以为你会阻拦，可你连眼睛都没睁。我摁住你，几近粗暴，你却开始蠕动、呻吟。当你突然咬紧牙关时，我撑不住了。

随之而来的是一阵空虚，发自内心深处，却远远大于你的房间，笼罩着你我，还有一切。"别动，"你说，"再等一会儿。"我却无论如何必须离开，离开这包罗一切的空虚。

"又怎么啦你？"你努力睁开眼，脸红得吓人。

我一声不吭地套上衣服。

"你这是……"

"空虚。"我说，手没停下。

"你说什么？"你半撑起身体，愣在那里。

"这样实在太空虚了。"

你过了一会儿才说："那你在马路上叫我干吗？"

我说我叫你时不空虚，叫你的这个动作也不空虚，但我们刚才的作为空虚得毫无意义。"而且，"我抢在你前面说，"我为我隔着马路叫你向你道歉，以后我不会那样了。真的。"

我等着你的破口大骂甚至耳光，但你却半天没有反应。然后我发觉你在啜泣，没有泪，只是身体在颤抖。这种哭法大概也是空虚的表征。

我在门口回头，看见你起伏的乳房。你的乳房也是空虚。

如果我们重逢，这就是必然的结局，即使我不希望如此它也会如此。

3

我隔着马路呼喊你的名字，还拼命挥手，你却看着别处不回头。这时一辆公交车开过，车窗里那些毫无反应的脸和你的侧影一样令人绝望。我又叫，更多的车子开来，一辆接一辆，连缝隙都没给我留下。

漫无边际的车身上幻化出你的笑容,亲切得超过了我的期盼。顿时,无数铭心刻骨的片段闪过,心在胸腔里急速膨胀,我不由自主地挪动了脚步。我将不顾一切地抓起你的手,绝不让你挣脱,并大声地告诉你过去的事过去了,我不计较,让我们从头开始。是的,我要那么说,就在马路当中。刹车声在这时响起。"瞎啦你?!"司机吼道,还骂了句粗话,然后轰着油门重新起步。橙色的集装箱贴着我的鼻尖驶过,上面好像写着"中国远洋海运公司"的字样。

原来我独自站到了斑马线当中,四下的车子围着我嚷嚷。我觉得这是"孤独"一词用一种极端的形式在向我告别。这没什么,我既然隔着马路呼喊了你的名字,那就没有任何东西能阻拦我把你拥入怀中并最终在你耳畔喃喃低语。

可是,我投向你的目光却被车流阻拦着。

你看见我了吗?是否也站在斑马线上向我靠拢?

我回头,过街指示灯上的红人依然坚如磐石。而且,今天的行人特别遵守交通规则,齐齐地站在街沿,脸上连焦急的神情都没有,这真太怪了。我希望你看见我现在的样子,你一定会立刻明白许多东西,并真正意识到与我分手的决定是多么错误。

我想考虑一下第一句话该怎么说,但一阵不踏实的感觉冒了上来:你要是根本不停下我怎么办?你匆匆而过,形同路人,只是令人觉察不到地点了点头,或者你说:"你还好吧?那就好、那就好,我这会儿有事,我们以后再联系。"更大的可能是你停下,冷冷地面对我的语无伦次,然后扬起眉毛说:"这些话你以前说过多少遍了?"

我在斑马线上愣住了。你要是真那样,我怎么办?

隔着马路呼喊你的名字

人潮突然开始涌动，我在惊讶之中发现失去了你的踪迹。

我又叫你的名字。

没有应答。人们步履匆匆，配合着过街指示灯上绿人的手舞足蹈。

你呢？

你在哪儿？！

我过了一会儿才意识到你该朝我来的方向去。可是，那边并没有我所熟悉的背影。

又换灯了。车轮从我刚才原地打转的地方碾过。我的心凉了大半。

不行，我必须找到你！这样的机会今后可能还会有，但我不一定还有这样的勇气。

过街的人分成了三股，即将汇入都市更大的人流。我的腿正要发软，你的身影又在远处一晃！

你！

我又叫了一声，开始启动。你不回头，踩在自行车脚踏上，歪歪扭扭地滑出去一截，又重新站下调整脚踏的位置。看来我的呼喊在起作用，于是我连续地叫。你只偏转了一下脑袋，然后更坚定地在马路上蹬。

我几乎停下，你的行为比我想象得更不近情理。可是不，看着你渐行渐远我忽然豁出去了。今天我必须和你说清楚，哪怕你对我的话嗤之以鼻，扬长而去。

我大叫着又追上去。行人们一定看出了我们的关系，纷纷驻足，大概期盼着一种热烈。你在众人的目光和我的呼喊声中越来越近。

"你停下！是我啊！"我有点接不上气，"我只说一句！"

你终于战战兢兢地停下，扶稳了自行车才回头。但那不是你。

她说："你，喊我？"

"对不起、对不起，"我嗫嚅着，"认错人了……"

我回到路口，又是红灯。这次车子不多，隔着马路的面孔清晰可辨。那中间没有你。

确实没有。

我的喘息趋于平缓，身边的人还有马路对面的人都不再注意我。是的，他们有他们自己的生活，我隔着马路呼喊你的名字和他们完全没有关系。

但，他们不知道那后面还有一个故事。

我忽然意识到那是一个美丽的故事。

而且，这样的结局就是隔着马路呼喊你的名字的最好结局。

拉大锯

一

　　1941年8月的一天,我爷爷和几个伙伴在老于头家的驴棚外嚷嚷着要去打鬼子。老于头家离村口不远,结着盐花的土路在他家门前一拐就扎进了青纱帐。

　　那年是抗战最艰难的时期,我爷爷在那节骨眼上去打鬼子,按说应该成为家族史上最浓墨重彩的一笔,可事实上那件事非但没给他本人带来任何荣耀,反而暴露了他的性格缺陷,并从此在每一个家族成员身上烙下印记,抹都抹不掉。每个人、每个家族都有性格缺陷,但人家没在关键时刻露馅,这才是问题所在。

　　枪是武工队留下的。武工队搞了一次突然袭击,干掉鬼子一个小队。转移到我老家耿圩时,队长和政委做出了分散隐蔽、保存实力的决定。这样做完全符合毛主席游击战争的战略思想，也促成了我爷爷去打鬼子的行动。为了不暴露目标，武工队把不便携带的枪支搁在了老于头家，因为老于头是武工队梁队长的舅舅。老于头的孙子于大海把这消息捅了出来，我爷爷他们哥几个立刻兴奋得上天入地。

还没见枪他们就吵了起来，有的说把鬼子引出来打，有的说就守在暗处，等鬼子出来一个个收拾。接下来又争谁放第一枪，按说栓子是他们一伙的头，当官的先开枪是天经地义的事，但栓子平时用弹弓打鸟没准头，第一枪怎么说也不能由他放。栓子气得嗷嗷的，指着他们鼻子挨个骂。打鬼子可不是闹着玩的，第一枪打偏了没准得送命，所以大家都不让步。于大海年龄最小，见他们各说各的，脸都急红了。他说他和武工队在一起待的时间最长，打鬼子的事听也听会了，再说枪就搁在他家，武工队要是不觉得他会打仗怎么会把枪留给他呢？说着说着他忽然哭了，哇哇地，把我爷爷他们吓了一跳。后来他们每个人都上前亲口答应第一枪不管咋说也由他先放，于大海这才收了眼泪，鼻子还一抽一抽的。

这就到了发枪的时候。

于大海在驴棚门口回身，要他们保证说话算数。我爷爷他们瞪大眼睛，只顾点头。于大海又强调不准偷看，他们自然再次点头。于大海这才进了驴棚，但他们没一个说话算数的，呼啦一下子全涌到了驴棚门口。

到那时为止，我爷爷只见过打野兔的土枪。许多年后他向我描述怎么装药、怎么捣实、怎么搂火，依然是眉飞色舞，好像手里正端着一把似的。其实我爷爷家从来没有过土枪，他只是背着粪筐一趟趟跟在打猎的后面，不知走了多少冤枉路才看明白的，所以这回他自然挤在了头里。他朝漆黑一团中瞅了半天，终于辨认出于大海的脸。那张脸戗在驴槽上，龇牙咧嘴的。

栓子说："你掏驴鸟哩？"

"你们挡着光亮哩！"于大海又带上了哭腔。

我爷爷赶紧朝后让，栓子却闪身进去了。他掀起驴槽一拽，"这不出来了？驴日的真笨！"大家一拥而上，驴棚里越发昏暗，再手忙脚乱抬到外面，就在门口扯掉裹着的麦秸。他们都愣住了。

只有一杆枪，还是半截枪托。其余都是枪栓。

多年后我听到这一段，不由对武工队办事之严谨发出赞叹——打击了敌人，保存了自己，还为日后反攻做了准备。历史已经证明了他们的伟大，无须我在此赘言，但我爷爷他们当时就懵了。

"就这个？不中使的！"栓子说。

搁在平时栓子的话就是圣旨，但那天不一样了。战争年代有枪的说了算，况且于大海清楚一旦消息走漏的后果——腚帮肯定被他爹鞋底抽烂，那还是最轻的。"人家武工队都说这些物件日后还管用，就你说不中使！"他叫道，"你能比武工队还行？日天了哩！"

栓子已经窝了一肚子火，冲过去就要教训他。于大海个子不到栓子肩头，此刻却勇敢异常，红着脸指着栓子一字一句道："我叔是武工队长，你打我你就是小鬼子！"

几十年后，我爷爷嘴里的词已经是一套一套的了。"我咋能看着不管？人民内部矛盾要变民族矛盾了哩！"我奶奶正收拾屋子，使劲磕着笤帚说："甭提你那丢人的事！大孙子难得来一趟！"

我爷爷顿时满脸通红，嘴巴开合几下，终于什么都没说。看得出来，那件事是他们拌嘴时我奶奶的制胜法宝。那是我头一回见有人对革命历史教育公然抵触，而这个人就是我亲奶奶。我在对家族性格有了清醒的认识之后才想通了这个问题。顺便说一句，从我爷爷那辈开始，我们家都是女人说了算，这情形至今愈演愈烈。

还是回到1941年8月的那个后晌吧。我爷爷当即拦在栓子和于大海中间，那会子他还不会说他后来对我说的那些话，只是一个劲打圆场，"咱不能没打鬼子自家先干上了。大海你想打鬼子是不是？栓子你想打鬼子是不是？这不结了，还得说打鬼子耶！"

栓子说："就这些破玩意，我敢说还没有枪子，打个球！"

"谁说没枪子？我有！"于大海嚷嚷着跑进驴棚，一转眼又出来了，"你睁眼瞅瞅，这是啥？！"

他手里果然有三颗金光闪闪的子弹。于大海说子弹是他表叔亲手给他的，后来才知道他撒了谎，他是趁大人说话的工夫从梁队长口袋里偷的。

栓子傻眼了。三颗枪子能干掉三个鬼子，那可是大胜仗哩！半晌他嘿嘿笑了，觍着脸去搂于大海的肩。于大海挣开他："你说了这枪不中使的，你还不信俺能有枪子，还说啥？柱子，你信不信？不信你也甭跟去了。"

柱子就是我爷爷。我爷爷平素就是栓子的影子。掏鸟窝、粘知了这类的事儿自不必说，栓子去堵徐寡妇家的烟囱、在耿大头家大门正中屙屎，等等，都是我爷爷给放的哨。案发后人家找到我家，我太爷爷对我爷爷用尽酷刑。我估计我爷爷那时甚至想到了死，但他就是没说出栓子的名字。

于大海的问题把我爷爷推到了一个两难的位置：在哥们义气和打鬼子之间做出选择。他还在发愣，其他人一拥而上，围着于大海"我信、我信"嚷成一片。我爷爷如梦初醒，大喝一声："我信——！"

所有的人，包括我爷爷自己都被镇住了。

"柱子，驴日的咱走着瞧！"栓子的声音从半空中飘落，但我爷爷没回头。

他还在自己的余音中浑身颤抖。

二

不过那天鬼子没打成，我爷爷说都是被于大海搅和的。我奶奶插嘴道："咋都是人家哩？就没你自个的事？"每逢我爷爷讲到眉飞色舞，我奶奶总要插上一句，还到处磕碰出些动静，那光景绝对是到了忍耐的极限。

因为我奶奶就是在那时候看上我爷爷的。

我奶奶娘家就在邻村徐庄。那年她十四，身材已显矮胖。以前人实在，矮胖绝对不是缺陷，不过我奶奶有个疤，从下巴到脖子，是小时候烫的。我爷爷和我奶奶以前有过冲突，他们不止一次同时看到了路边的新鲜牛粪，我爷爷比我奶奶机灵，在跑动中快速搂动耙子，我奶奶总是只抢到小半。得手后我爷爷立马逃窜，他虽然比我奶奶大一岁，但男孩发育晚，抢牛粪时他还不是我奶奶的对手。我奶奶追不上他，只好跺着脚骂，我爷爷则一面回嘴一面保持安全距离。这情形一直持续到1941年，那年我爷爷的个子一个劲地蹿，就跟地里的高粱似的，我老家那儿管这叫"见风长"。眼瞅着我爷爷比自己高出了半个头，我奶奶只好拣僻静的地方打草拾粪。正是闹鬼子的时候，十四岁的姑娘独自在旷野里，我那青春期的奶奶既紧张又寂寥。

高粱地里一阵响动，吓了我奶奶一跳。我爷爷钻出高粱地，见我奶奶紧握粪耙子瞪大了眼，也愣住了。眼前没有新鲜牛粪，况且又是同胞，彼此都松了一口气。我爷爷下意识地挺了挺身子，顿时格外裤短袖长。

"柱子你别走！"于大海蹿出来，"我连中两发！不信你问！"

我奶奶这才看到另外几个。高粱地当中长着一棵苦楝树，苦楝树拔地力，周边空出一圈。树干上此时已是斑斑点点。

"两发算啥？"我爷爷夺过弹弓，"再看我的！"他斜了我奶奶一眼，大大咧咧地拨开高粱进去。

两个来月没和我爷爷抢牛粪，我奶奶忽然发觉他眉宇间蹿出一股英气。不知我奶奶的出现是否促进了我爷爷的准头，只见苦楝树干上一连绽开四团烟雾，把我奶奶看呆了。

我爷爷把弹弓扔还于大海，"看到没？四中！打鬼子还得我先开枪！"

是我爷爷想出了用弹弓决定谁先开枪的主意。栓子走了一会儿，于大海才觉着心里没底。他们一块玩的时候都是栓子走头里，我爷爷紧随其后，于大海和他们之间还隔着二嘎、大顺、假丫几个。他总是一溜小跑，生怕听漏了栓子和我爷爷说的话。当领导是需要过程的，于大海的问题是把家底一股脑端了出来，自己先给弄晕了。他憋了好一会儿，不得不问我爷爷到底是把鬼子引出来打还是守着打。

我爷爷是他们当中唯一认得几个字的。他背着粪筐去陪耿大头的孙子读了两年书，直到我太爷爷认定他不是读书的料——于大海他爹跟人挑脚去了外省，大半年托人写了几行字捎回来，我爷爷被全村老少围着，脸都憋红了也没读顺。老于头、老于头他老伴、大海娘再轮番提问，我爷爷一概不知，连于大海他爹打算啥时回家也说不上来。我太爷爷第二天捉了两条鱼给先生送去,算是退了学。打那以后我爷爷就成天跟在栓子屁股后头,除了栓子霸道这一点外,日子畅快得如同小河淌水。

到底是读过书的,于大海的问题让我爷爷看到了机会。他眼珠转两圈,转出了个用弹弓练准头的主意,还说要凭准头排下开枪的顺序。

"啥?!"于大海叫了起来,"说好了我先打的!"

我爷爷说:"先打可得打准耶!就一把枪三颗枪子,咱可不能轻易打!小鬼子也会放枪,你说是不?"

二嘎、大顺和假丫"是哩"成一片。于大海瘪了,"那这枪……?"

"先放回驴棚去。"我爷爷不假思索,"二嘎、大顺,给包上耶!"

就这样,枪和子弹还是于大海的,我爷爷却有了支配权,还让我奶奶看到了苦楝树干上烟雾绽开的一幕。到他再度跨出高粱地时,我奶奶已然尽释前嫌。

"你……用弹弓去打鬼子?"

"咱有枪!"

"真枪?"

"没有真枪还说啥打鬼子哩?"我爷爷看着她等待下文,我奶奶却忽然侧过脸去,把没疤的那面朝向他。"咋?你不信?"我爷爷又说。

我奶奶还不说话,脸却红了。我爷爷正愣着,二嘎忽然蹿到近前,挤眉弄眼地做了个日捣的手势,我奶奶在他们的笑声中拖着粪筐落荒而逃。我爷爷追着二嘎要栽他毛栗子,一直打闹到耿圩和徐庄的分岔路口才回头望了一眼。高粱一动不动，鬼子的炮楼远远地戳在斜阳里。他忽然为我奶奶担心起来，因为她脸红的样子实在叫人挂心。

他的脚不由自主地朝回挪。他们叫了起来："柱子，你去高粱地里会疤脸？"

"会你娘！"我爷爷的脸顿时滚烫，"我拉下了东西哩。"

他们笑得嗬嗬的。这些我奶奶都听见了。她就猫在不远处。他们几个叫她"疤脸"，恨得她牙痒，但她不能出来和他们对骂。她那块疤一生气就发红，气极时接近紫色，等于是给人提醒，她以前吃过亏的。

我爷爷前后找了几遍，眼瞅着落日染红了青纱帐，犯起了嘀咕："咦？人哩？"

我爷爷的举动被我奶奶看得一清二楚。她很想站起来应一声，又怕被其他那几个看见，然后她的脸就开始发热。到我爷爷原地转圈说"人哩、人哩"时，我奶奶的脸已烫得喷火，身子不知怎的就软了，而且憋闷得像是要炸开。凭着本能她知道要是这会儿出去可能会发生点事，可她最担心的还是那块疤的颜色，所以她就浑身酥软地坐在青纱帐里，听着自己的心在嗓子眼里一个劲地扑腾。那是她生平第一次有那种感觉，不幸的是，那种感觉她毕生只有过那一次。

天黑后，全村都听到了我太爷爷打我爷爷时的吼叫——我爷爷把拾柴打草的事忘了个一干二净。我爷爷应付着干号了几声，到村口老槐树下站定。他一点都不饿，就是心里有点乱。倒不全是因为我奶奶，更多的是因为他有生以来的第一次重任在肩。

我爷爷一直记着那晚村口的景象。他说那晚月亮很好，经太阳晒了一天的高粱劈劈啪啪地拔节，浓烈得他直想打喷嚏。听到这番描述，我惊呆了。几十年过去，他怎么把这些无关紧要的东西记那么牢？现在我都明白了，那天到晚上为止，我爷爷把握住了所有机会：选择正确、说理雄辩、射击有准头，加上邻村姑娘为他脸红，一生中这样的日子能有几天？所以那天的一切历久如新。

三

"拉大锯呀扯大锯，姥姥门口唱大戏……"第二天头晌，我太奶奶坐在门槛上逗孩子。我小姑奶奶那时三岁，没等我太奶奶念完就抢着说"狗屁"，母女俩随即笑成一团。我爷爷进进出出好几趟，眼热地瞅着娘和妹妹，然后将柴草倒在墙根。我太奶奶见他满头是汗，让他歇会，还顺手撕了小半块煎饼给他。我爷爷木木地接过去，半晌叫了声"娘"，拎着粪筐又出了门。我太奶奶以为是我太爷爷头晚揍得狠了，眼眶里一下子汪满了泪。

其实我爷爷早忘了头晚挨揍的事。他琢磨怎么打鬼子，不知怎的就想到了死，眼前一幅幅画面跟拉洋片似的：他先开了枪，放哨的鬼子应声倒下……炮楼上立马枪声大作，他没工夫把枪交给于大海，再搂第二下却卡了壳……鬼子的火力愈加猛烈，卡壳的子弹就是退不出来……忽然他浑身一颤……我太爷爷、太奶奶围着他哭，我姑奶奶伸着小手拍他的脸，于大海他们几个手足无措，栓子则咬紧嘴唇……武工队梁队长拨开人群向他走来，人缝中那张熟悉的疤脸一闪……

这些画片越来越清晰，好几次差点把我爷爷的眼泪给催了下来。他只能拼命打草，一头晌打得差不多顶上了平时半个月的。

还没开始战斗就想到了死，我们知道英雄可不是这样的。我一直有种不太光明的想法：我爷爷那天该找个什么借口，或者干脆趁打草在自己手上划一下。那样一来，我们家族就不会是现在这个样子了。我爷爷当时可能也想到了这一点，因为他停下了，蹲在地上久久地摆弄一棵小草。这绝不是一个十五岁农村少年应有的行为。

"柱子，你到底咋说？"栓子忽然冒出来，吓了我爷爷一跳。

"啥？"

"装孬？"栓子叉着腰，"我说打鬼子的事！"

那些关于死的图画顿时无影无踪。

"我不去你们打不成！你信不信？"栓子又说。

其实这正是我爷爷的感觉，但他又不愿就这么轻易服软，吞吞吐吐地说："可枪和枪子……都是他的哩。"

"啥他的你的？你去跟他说你害怕了，没有我去你打不起来，你看他咋说！"

我爷爷觉得自己被栓子看透，霎时红了脸，随即想起了平日里受的气。栓子见我爷爷不说话，以为已经说动了他，又道："就凭于大海那样，你说啥他不得听？"

这更提醒了我爷爷权力的滋味。如果栓子去了，他们从去的路上就得开始挨骂，越是办正经事栓子就越容不得人。

"你得自己去说。"我爷爷拿定主意，背起了粪筐。

"嗳、嗳！"栓子傻眼了，"好你个鳖孙，咱走着瞧！"

挣脱了栓子使我爷爷情绪大振，他居然边走边啃起了煎饼！

好心情一直保持到了后晌。他们在村口附近碰了头，我爷爷让二嘎去帮于大海把枪偷出来，大顺和假丫争着要去，似乎这和放第三枪之间有某种必然联系。我爷爷说咱现在就算是武工队的人了，

隔着马路呼喊你的名字

武工队就得听命令。现在他命令二嘎去,命令大顺和假丫在高粱地里等,不听命令的现在回家。他们被他的架势唬得闭紧了嘴。

于大海没让二嘎动手,自己把枪抱得紧紧地回来了,交给我爷爷前叮嘱道:"你一打过可得立马给我,不然小鬼子就开枪了哩。"一句话把那些与死有关的图画勾了出来,在我爷爷眼前晃成一片。于大海还说了些什么,我爷爷都没听见。许久,他才发觉他们都盯着他。

"咱……走?"

我爷爷嗓子眼紧得说不出话,只能点头。他猛地站起来,拽着那条残缺的"三八大盖"一头栽进青纱帐深处。

高粱叶子惊雷般地砸在脸上,我爷爷下意识地举起一只胳膊,但那一幅幅画却挥之不去,搅得他高一脚低一脚浑浑噩噩。走到地头的时候,他已整个改变了颜色——脸上、手上高粱叶子划的红道道层层叠叠。

于大海这会儿才追上来,"柱子,你把枪拖在地上了哩,我喊你一路!"我爷爷还没回答就扑倒了,他们几个乱成一团:"柱子、柱子!你咋啦?"我爷爷朝天指了指,他们抬头一看,妈呀!鬼子的炮楼就立在高粱梢头!当下他们全趴下了。半晌大顺嘀咕道:"快打,这地方不能待长。"显然,他没有争打第三枪的意思了。

我爷爷趴在地上伸出了手,他们在目瞪口呆之中都听到了那只手咔咔作响。"枪子……"我爷爷终于说。这是他从出发以来说的第一句话。于大海赶紧掏口袋,掏来掏去只掏出两颗子弹。"那颗上膛了哩!"他带着哭腔说。

我爷爷猛拉枪栓,但使劲太大,砸在自己的鼻子上,顿时泪流满面。这时他们之中如果有人把枪接过去,我爷爷是绝不会阻拦的，但二嘎和大顺都吓坏了，只有于大海还在嘟囔："你快打耶！打完就该我了。"

我爷爷站了起来，浑身颤抖如筛糠。"三八大盖"和弹弓不是一回事，何况还少了半截枪托。膏药旗、鬼子岗哨和高粱梢子一起来回晃，我爷爷怎么都没法让它们定住。"柱子，你搂耶！"于大海的声音传来，像一只蚊子飞过，我爷爷却缩了下来。

"咋啦？"

"鬼子转过来了哩！"

高粱地里一阵响动，他们还没来得及叫出声栓子就蹿了过来，一把夺过我爷爷的枪。"还等到啥时候你？！"他说着举枪就瞄。

我爷爷说："嗳、嗳！"

"叭勾——"

我爷爷浑身一颤，耳朵里嗡嗡一片。只见栓子缩回来，朝于大海伸手。我爷爷下意识地觉得自己该说点什么，就在这时鬼子开枪了，铺天盖地，没有丝毫空隙。高粱梢子猛地跳到半空，然后像鹅毛一样缓缓飘落。

"快跑！"栓子大叫一声，他们七手八脚跟了上去。我爷爷蹬了几下，却站不起来了。身边的高粱一截截矮下来，天空飞速扩张。一股热流忽然顺着他的大腿根漾开。

"你等着吃枪子？！"栓子大叫着又冒了出来，拎着我爷爷跑了几步，然后给了他一大嘴巴，"咋啦你？！跑耶！"我爷爷这才找到自己的腿。

跑到土路，鬼子的枪声还跟炒豆似的，但已隔着青纱帐。他们都累趴下了。假丫上气不接下气地问："栓子，你到底打中没？"

栓子也不回答，对着青纱帐掏出了小鸡。其他几人受了传染，纷纷起身。一时间，凌乱的枪声中夹进了尿的轰鸣，秋燥的土地上尘土阵阵。

"柱子，你不尿？"栓子把小鸡抖回裤裆，随即瞪大了眼，"你尿裤子了？！"

他们全都扭头，我爷爷胯下深色一片。他的脸已经涨成猪肝色。

他们这才看到我奶奶张着嘴坐在地上。

四

打鬼子的经过就是如此。我爷爷当时并没觉得事情有多严重，回家的路上他就开始琢磨再见面时怎么向"疤脸"解释尿裤子的事，但村子里已经乱成了一锅粥，关门闭户或者扯着嗓子喊人。见他们几个拿着枪回来，老于头吓得半晌说不出话。要不是装扮成货郎的梁队长及时赶到，那天真不知会闹成啥样。

到底是武工队的。梁队长听到枪声，立刻想起了留在他舅舅家的枪。他一到，站在驴棚门口就把敌情给分析了：他们前几天刚被教训过，现在又有人放冷枪，肯定不敢贸然出动，所以，当务之急是把枪处理掉。对于我爷爷他们几个，梁队长要他们别让更多人知道打鬼子的事。他没收了于大海的两颗子弹，叫他以后不准掏大人口袋，然后拧着栓子的腮帮子说他是块材料，等个子再长高一点就跟武工队走。面对我爷爷时，梁队长憋住了说："想打鬼子是好事，可不一定人人都能打。"随即扑哧笑喷了。

天刚擦黑，我爷爷他们几个就把枪埋到了苦楝树下，因为那里土地板结，没人耕种。事先老于头让老伴在枪和枪栓上都抹了油，可是到大反攻的时候起出来，还是都锈了。打鬼子这件事最终只给我爷爷留下了一条有实际意义的经验：花生油不防锈。

天黑透之后，其他几个在家里都挨了揍。二嘎、大顺、假丫都是被破布堵着嘴揍的，于大海没被堵嘴，不过他没叫，因为心理准备最充分。栓子他爹只揍了他一下就拎着鞋底愣在那里，不知该不该再对日后的武工队员下手。只有我爷爷没挨揍，他缩在炕角等我太爷爷扑上来，我太爷爷却一个劲地甩手、叹气，很晚了才大喝一声："去把裤子脱下洗了耶！骚死人哩！"

当他们几个再度聚在一起时，栓子自然又成了头。梁队长的告诫只管了两天半，第三天他们就开始取笑我爷爷了。最初是"尿裤子"或者"尿裤裆"，到高粱成熟的时候干脆只剩下"裤裆"二字。大人们起先还笑，后来都随孩子叫顺了嘴。我爷爷争辩了一阵子，但他怎么和全村人一一计较呢？于是他也开始找僻静的地方拾柴打草了。

别以为僻静的地方成就了我爷爷和我奶奶的私情，事情不是那样的。我爷爷最初的确抱着侥幸心理在旷野里四下张望，一见到那矮胖的身影就赶紧凑过去，"你……弄啥哩？"

我奶奶不回答，握紧粪耙斜视他。

"噢，你打草。"

我奶奶还是不说话。

"……我也打草。"我爷爷又说。

直到我奶奶白他一眼后扬长而去，我爷爷才觉得不对劲。

我奶奶在他们打鬼子的当天就变了心。头天英气勃发的小伙子一下子就裤裆颜色深深地坐在地上面无人色，她实在无法接受那样的事实。她不知自己是怎么到家的，枪声还在断断续续，她却没有害怕，只觉得手脚冰凉。晚上她躺在炕上翻来覆去，直到后半夜才做出决定：以后不理睬柱子了，而且再遇到牛粪就一定和他抢，哪怕用粪耙子砍。打定主意后，她还恨恨到天色微明。

现在看来，凑上去搭话时旁边没有牛粪是我爷爷万幸，否则他没准会为我奶奶装筐，而她肯定会误解，当下狠狠地砸过去，决不留情。如果真的出现那样的事，结果会非常简单——根本不存在我在这里说三道四的可能。

两次遭冷遇后，我爷爷意识到事情的严重，他开始躲着我奶奶了。

大反攻开始后，栓子果然第一个被武工队带走，二嘎和大顺后来参加了八路军，就连于大海也在抗战接近胜利时穿上了军装，只有假丫因为说话、走路都女里女气的，部队没肯要。

我爷爷找过梁队长，梁队长使劲憋住笑说："打仗的事嘛，打得快跑得也得快，要是有人拖累，其他同志就要牺牲哩！"八路军招兵的时候，我爷爷也去了，但梁队长每次都在。我爷爷一见他就怯场，围着人群转来转去，到人家收摊了也没把名报上。

就这样，我爷爷，耿圩第一个端枪朝鬼子瞄准的人，竟和女里女气的假丫一样，把伟大的抗日战争错过了！

他和村里的老弱病残一道伺候庄稼，直到抗战胜利。

五

抗战胜利那年，我奶奶十八，还从来没人上门提过亲。战争年代男人金贵，何况她还有块疤。她爹娘原想等打完仗再说，岂知抗战结束情况更糟。回来的人不多，还都是缺胳膊少腿的，比如说大顺就丢了条胳膊在太原那一带。更要命的是仗把人心打乱了，大家看出国民党和共产党可能还要打，缺胳膊少腿的立马成了抢手货。仍以大顺为例，大顺娘哭天喊地了好几天，哭得全村人心里发毛，忽然就没了动静。乡亲们担心出事，赶紧前去打探，只见她正喜滋滋地为大顺准备婚事，媳妇还是徐庄最俊俏的一个，以前十里八乡的媒婆赶场似的朝她家跑。

我奶奶她爹娘坐不住了，因为我奶奶是老大，她下面还有一串，耽搁一个就是耽误一窝。他们到处托人，连五十多岁的大烟鬼也在候选之列。我奶奶当然不愿意，哭喊着和她娘吵。她娘急了："不是没人来给你提亲吗？你妹咋办？她们也不小了哩！"

我奶奶眼睛肿得胡桃似的在旷野里转了两天，猛然想起了我爷爷。回家对她爹娘一说，他们都愣住了，"谁？就是那个……叫'裤裆'的？！"他们面面相觑，心说都什么时候了，你还想要个好胳膊好腿的？我奶奶猜到了爹娘的心思，一口咬定只要请徐三娘走一趟，不行的话她鸡狗都嫁，全当爹娘没养她这个人！

徐三娘既是神婆又是媒婆，春夏季以跳神为主，秋收后则专事撮合。据说每年在乍暖还寒的某一天，在某个人多的场合，她会忽然倒地，口吐白沫，随即以在场者中某位已经故去的亲属嗓音、语调说话，即便死者生前是外地口音也分毫不差，令在场者无不战战兢兢。她以这种方式完成从媒婆到神婆的转换，但我却无从知道她是如何从神婆变回媒婆的。我追踪调查了几次，一提到她，老人们立刻夸她媒说得好，话题从东岔到西，尽是些看上去根本不可能结亲的人家被她撮合成功的例子，调查根本没法进行。老人们所说的其实可以归纳为一点：徐三娘有本事让双方都觉得是自己占了大便宜。因此她要价贵，一般二亩三分田的人家怎敢惊动她？

隔着马路呼喊你的名字

但我奶奶从小就倔,她爹娘知道拗不过她,只好提着厚礼去见徐三娘,还臊得跟啥似的。以徐三娘这般见多识广,听他们说了之后还是愣得半天没合上嘴,我奶奶她爹只好红着脸允诺再增加一只鸡。他们三人在徐三娘家堂屋里磨磨叽叽,难以启齿,我奶奶却在邻居家打听办喜事时该怎么穿戴,弄得全村人都知道她要出嫁了。

到那时为止,我奶奶和我爷爷已有几年没说过话了。我爷爷的弟弟妹妹早接手了他打草拾柴的活,不过我奶奶并不缺乏观察他的机会。每回她打田边经过都能感觉到他紧随的目光,而且他和小媳妇们大着嗓门说话,她也听得清清楚楚。

"'裤裆',你咋恁快就干完了哩?又没媳妇等你!"

"'裤裆',你要撒尿?没事!反正裤裆兜着,你就尿呗!"

我爷爷赶紧背向我奶奶,憋足劲喝道:"胡呲!你男人才去几天你就啥都敢说?"

"就凭你?你那活我当着我男人的面都敢摸,最多就是把个尿,出不了其他事!"

小媳妇们笑趴一片。

我奶奶就凭这些断定我爷爷还没着落。虽然她没朝远处想,但听着他被小媳妇们嘲弄,她心里总有点不是滋味。被爹娘用五十多岁的大烟鬼一逼,她才横下了心。真正要追究起来,这还是打鬼子牵下的姻缘。

再说徐三娘,她一摇三晃地来到我家,叫我太爷爷、太奶奶好一阵忙乱。我爷爷家面临的问题也一样,几个孩子都到了年龄,当间总得留下喘口气的工夫。徐三娘不急于说出对方是谁,而是捧着大碗,趁小口小口喝水的工夫把我家的境况揣摩透了,然后猛地把碗朝桌上一拍,斩钉截铁地说出我奶奶的名字。

现在已经无法考证我太爷爷、太奶奶当时的态度了,我爷爷后来提到这事时也总是语焉不详。他只记得那天回到家,一进门就发觉爹娘有点不对劲,我太奶奶赶忙舀了半瓢水,我爷爷就着水缸咕咚咕咚灌了一气,抬头一看,他们还是那么诚惶诚恐。

"咋啦?"

我太奶奶一个劲地推我太爷爷,而我太爷爷则一个劲地朝后挣。最后还是我太奶奶憋不住了,"徐三娘……给提亲来了。"

我爷爷脸一红,"谁家的?"

我太奶奶犹豫了好一会儿。"就是徐庄……脸上……有疤的。"

水瓢掉在缸里,溅了我爷爷一身。爹娘还等他发话,他却神情恍惚地蹭到门外,眯眼瞅着夕阳一动不动。

没人知道那一刻在他头脑里掠过的是什么画面,因为连他自己也懵了。我却总联想起1941年他们用弹弓练准头的那个下午,他对着满目夕阳嘀咕"人哩、人哩"的情景。他万念俱灰了那么多年,忽然间再度面对夕阳并且浑身温暖,回想起初恋时光是最合理的推断。

我太奶奶说:"按说是有点憋屈你了,可咱家……"

我爷爷瞪着爹娘,像是不认识一样。我太爷爷急了,"咋想的你说个话耶!"

"说啥?"我爷爷一惊。

"你要是不愿意就直说,别误人家的事!"

半晌我爷爷说:"我没说不哩。"

前面已经提过,对这桩婚事不感到意外的只有我奶奶一人。大家纷纷议论,有闺女待嫁的人家更是追悔莫及,我奶奶却说:"那有啥?要不是打仗……"她没把话说完,让耿圩和徐庄的男女老幼猜测了一秋一冬，直到来年青黄不接的时候。

他们是过年的时候办的事，去打仗的人回来了不少。因为打仗的人分属于国共两个阵营，可乡里乡亲的不便在过年的时候撕破脸，所以大家都避开政治问题而专心找乐子。

那天，以栓子为首的一伙吵闹着把我爷爷、我奶奶推进洞房。门刚关上我爷爷就忙成一团，我奶奶推他、掐他、指着外面努嘴，我爷爷哪里肯依，刚毅无比，勇往直前。我奶奶疼得大叫"噢"，我爷爷已是覆水难收。

外面有人刚要笑，栓子赶紧把手指竖在嘴上。只听见我奶奶带着哭腔说："打鬼子你咋没有这劲头耶？！"

轰的一声巨响，门外笑趴了好几个。栓子倒在地上，两脚朝夜空乱踹。"噢呵呵……她拿那事和打鬼子比……啊哈哈……'裤裆'拿她当了鬼子……"

我爷爷手忙脚乱地朝裤子里蹬，不住地说"呸、呸"，自己都不知道为什么要那样说。我奶奶掩着衣服半晌动弹不得。她刚遭受了心灵和肉体的双重伤害，门外的哄笑简直就像是把她放在了光天化日之下。那是我奶奶一生中遭受的最大打击，就在新婚之夜。从此她再也没心旌摇荡、情乱神迷过，失望几乎伴随了她一生。

偏偏我奶奶的肚子很快就显了，我爷爷是何时让她坐的胎又成了那期间最热门的话题，有人甚至为此打赌，并向我爷爷求证。我爷爷跟人打哈哈，我奶奶则臊得没脸见人。更糟的是九个半月后我父亲呱呱坠地，证明了我爷爷的"准头"。作为对比，打鬼子的事被大家嘻嘻哈哈地一再提起。我爷爷在外面只能忍着，回家后不免埋怨我奶奶。我奶奶又怎肯相让？于是从结婚到我父亲出生，他们之间的冷战关系就确立了，所以他们总共只生了三个孩子，还都是在我奶奶 25 岁之前生的。

第二年初夏的某个头晌，我奶奶第一次坐在门槛上带我父亲"拉大锯"，我爷爷正要出门，一下子愣在了院子当间。时隔数年，与打鬼子有关的一切伴着"拉大锯"扑面而来。

我爷爷最终啥也没说，只是长长地叹了一口气。

六

"拉大锯"的歌谣绕着我老家的三间草屋不间断地唱了十来年，先是为我父亲，再是为我叔叔，最后是为我姑姑。生理缺陷加上广为流传的笑话，使我奶奶宁愿带着孩子在自家门口玩。最初乡亲们还问我爷爷：你媳妇咋不来干活？后来就笑话他除了那方面行，其他啥都不中。他们的话加深了我爷爷和我奶奶之间的矛盾，却导致了一个出人意料的结果："拉大锯"被我奶奶唱得日臻完善，炉火纯青。

我第一次回老家时，我奶奶年过六旬，那块疤已经被岁月漂洗得不甚分明。我一到，他们就让全村的人都来看"大孙子"。乡亲们来了，我爷爷和我奶奶抢着夸我，把许多我这辈子都实践不了的优点朝我头上扣。我插不上嘴，只好觍着脸笑。我奶奶为了让邻居家的年轻媳妇仔细端详我，把她的孩子接了过去。就在大家围着我问长问短、啧啧咂嘴之际，"拉大锯"的歌谣腾空而起。刹那间四野无声，乡亲们都转身看我奶奶，带着敬佩的笑。我惊讶地发现远处的庄稼也随着节奏摇晃，那绝不是一般妇女哄孩子所能达到的境界。

我父亲对"拉大锯"则有另一种看法。因为我奶奶唱到那一步

隔着马路呼喊你的名字

是需要过程的,他摊到的是练习部分,轮到我叔叔时开始有了点意思,然后她才声音洪亮、起伏有致,但那基本上都落在了我姑姑身上。也许正因为我奶奶唱得太好,所以我父亲绕着我奶奶前后乱窜了好几年。眼见得坐在娘腿上拉大锯的希望越来越渺茫,他才开始偷跑出去玩。被三个孩子缠了那么些年,我奶奶一时大意也在所难免。我父亲只出去疯了两趟,回来就舔着鼻涕问我奶奶:"娘,人咋管俺爹叫'裤裆'哩?"

话音没落他就被一巴掌扇在脸上。"哪儿听来的混账话你也敢学?!"我奶奶叫得声音都失了真。我姑姑和我叔叔当即吓哭了。我父亲捂着脸,眼睁睁看着母亲揽着弟弟、妹妹啜泣道:"看我嫁了个啥人家哟!"

那一巴掌使我父亲明白了"裤裆"一词是我们家的禁忌,从此他就没怎么出去和其他小孩玩了,而"拉大锯"的声音却越来越响,渐渐令人心烦,后来简直就是遭罪。

我父亲十一岁那年乡里建了小学。读书在当时并不被看好,大家都想让孩子参军。参军的好处一言难尽,就拿当年和我爷爷一起去打鬼子的那几个人来说,大顺之后享受了伤残军人的待遇;栓子在部队干到连长,要不是在一次训练中扭伤了腰,他决不会转业回地方,就那样他还当了县人武部副部长,娶了在供销社工作的家属;于大海后来转成了志愿军,复员后在乡政府做事;二嘎更了不得,随大军南下后就留在南边,听说当了大官,连他爹娘去见他,门口都有人站岗。

参军的好处那么多,要求却简单,只要出身好、身体好就行。我们老家早先有人为国民党打过仗,临解放时都起义投诚了,而且那时候的人活着就没什么大病,所以人人都觉得自家孩子符合参军条件。学校建起来了没人报名，乡里的干部急得到处拉人，我奶奶带着三个孩子在家门口被逮了个正着。乡干部拽住我父亲他们不松手，一口咬定他们三个都是开始读书的最佳年龄，说着就要把名字朝本子上登。我奶奶拼命阻拦，乡干部哪肯罢休，硬要让他们到学校去见识见识。

在学校新建的几间土坯房里，乡干部和年轻的教师轮番做我奶奶的思想工作，让我父亲他们三个在门口扔沙袋玩。此前他们只会"拉大锯"，根本不知道用个小布袋装上沙子就可以扔来扔去，砸在身上都不疼，于是尽情地笑啊、跑啊，为干部和教师说服我奶奶增加了论据。更关键的是我奶奶从没见过知识分子和蔼可亲的模样，她几乎没敢说话，眼睁睁地看着年轻教师把耿大刚、耿大明的名字写上了，我姑姑当时没有大名，还是教师给她取了耿小凡的名字。

"啥？！三个都上？"我爷爷一听这话就叫了起来，"大刚该帮家里干活了，妞妞上学管啥用？要上只能上小二一个！"

"名都登上了哩。"我奶奶和我爷爷在其他事情上向来不通气，唯独让我父亲参军是他们商量过的。她有点理亏。

"登上了？恁大的事你也敢自己做主？你跟谁说的？"我爷爷挥着胳膊喊，"这个家没有我了哩！"

门外有人探头探脑，被我奶奶瞥见。她忽然提高了嗓门："你朝我嚷嚷啥？有本事跟公家人嚷嚷去！"

"你以为我不敢？"我爷爷捋着袖子出门，经过邻居身边时又撂下一句，"还反了哩你！"

这些年来我爷爷一直憋着口气，此刻有邻居观战，他决计把面子挣回来。新仇旧恨鼓捣得他步履匆匆，气势如虹。

问题是耿圩离乡里有十来里地，走出三里路我爷爷的肚子开始叫唤了，走到六七里时已是叽里咕噜连成一片。毕竟他在地里干了一天的活，仇恨挡不住饥渴，正如精神无法战胜物质一样。等他到了乡里，天已黑透，街上根本见不着人，而且那时的人平时不点灯，我爷爷只好在黑暗中从这头转到那头，几圈下来也没见学校的影子，离家时的怒气已成强弩之末。有个老汉听见狗咬起身，为我爷爷指明了学校的方位。到了那会儿我爷爷也不指望能找到管事的人了，只想认个门第二天再来。他拖着脚步来到土坯房门前，刚想喘口气，只听得一阵清脆的算盘声从漆黑中涌出来，行云流水，毫无间隙，当下唬得我爷爷动弹不得。

算盘是学校老师打的。老师姓邵，那年十八，家里在县城开布庄。眼见得社会主义改造越来越近，他爹想出了让儿子主动要求去乡村教书的主意。小邵依计而行，用大字写了请战书糊在政府门上，把县城搅了个沸沸扬扬。我们乡离县城远，他独自在学校住。他爹关照他闲着没事就练练算盘，万一教书不行回去还能接手。小邵虽然不愿那样，但来了好些天，学生只招了几个，先前的风风火火变成了此刻的冷冷清清，晚上连个说话的人也没有。乡里给的灯油有限，他只能在伸手不见五指的土坯房里拿算盘排遣心中的郁闷。

前面说过，我爷爷是读过两年书的。那时候先生也教过珠算，但乡下穷秀才的算盘怎能打到布庄少东家的地步？我爷爷以为是什么天籁之音，鬼使神差地想上前探个究竟，谁知一脚踩空，大叫一声栽倒在操场边的排水沟里。

我爷爷和小邵的初次见面绝对毛骨悚然。他们同时朝对方黑黢黢的身影大叫："谁？！"那是我爷爷一生中第二次站不起来，万幸这回他没尿裤子，直到小邵掌了灯靠近时，他还不能说话只能喊叫。见一个汉子被吓成那样,小邵踏实了,拉我爷爷进了屋。问明原委后,小邵烧了水让我爷爷就干粮吃。小邵和武工队梁队长完全不是一种风格,我爷爷受宠若惊,斗胆要求"邵先生"打几下算盘给他看,算是真正开了眼。结果是他主动放弃了退学要求,根本没用小邵拒绝。他也没好意思多吃小邵的干粮,只是一个劲地喝水,所以在回家的路上一共撒了四泡尿。

在家里,我奶奶为我爷爷出门时撂下的话气了好一阵子,可左等右等也不见他回来,就沉不住气了,以为他闹事被公家人抓了起来。当我爷爷终于回来,我奶奶赶紧点上灯,"你……咋恁晚?"

"去学校的。你又不是不知道。"

"去到这会?"

"咋了?"

"那事……咋说?"

我爷爷没吭声,上炕后见我奶奶还瞪着他,自己欠身把灯吹了。"点它弄啥,怪费油的?"然后他在黑暗中嘟哝道,"那小先生算盘打得真好。"我奶奶憋了半宿,早上起来再问,我爷爷还是"小先生算盘打得真好"那句话。我奶奶气也不是高兴也不是,只好扯着嗓门"拉大锯"。那天她的"拉大锯"虽然洪亮,却断断续续,我姑姑、我叔叔都没玩透,因为每逢有人经过她都停下来大声说:"咱家三个都去上学了哩,一个不落!妞妞也有大名了,叫耿小凡!"

乡亲们议论纷纷:"裤裆"要反"疤脸",这事难了。

"啥耶?成天'拉大锯'也不中,上学还能捎带拾个粪啥的。到岁数就送大刚参军,我说定了的!"我爷爷拍着胸脯说。

七

学校在开学之前一共抓到了十一个学生。我们家除数量外,还占着其他几个第一:我父亲在其中年龄最大,个子也最高;我姑姑年龄最小,而且是唯一的女生。

父亲最喜欢说他小时候上学的事,所以我对那段往事较熟。不过,他的话到底有多少可信度很值得推敲。比如,他说那是一间狭长的教室,我叔叔和我姑姑坐第一排,他坐最后。他旁边的墙上有一个三角形的窗洞,他读书、写字的光线全来自它,而那个窗洞一到天冷就得堵上。这本没有什么疑问,但他为了强调教室后面光线之暗,不止一次说以前的冬天比现在的要长得多。我没懂事母亲就为此和他争,直到我上中学后,母亲还把他叫过来,敲着我的地理课本说:"你仔细看看,地球转到这儿就是冬天,年年如此!现在的一年不还是三百六十五天吗?真是,这么简单的问题还跟我争了半辈子!"

还有一件事也不可信。他说他打小学习就好,甚至把他小时候的作业本保留着,不时拿出来激励我。那上面写错的字、算错的题比比皆是,事实上还不如我的,可老师总给他打"很好"或"好"。这只能有一个解释:他们班里的其他学生更糟,包括我叔叔、我姑姑在内。

我觉得确切的说法应该是:我父亲学得很苦。一家有三人在一个班里,他是老大,吃亏的自然是他。最初我奶奶怕我姑姑累着,让我父亲每天背她一段。我姑姑就此养成了懒惰的习性,走不多远就叫累，我父亲要是让她再坚持一会儿她就威胁"回家对俺娘说"。可怜我父亲当年只有十一岁，自己走十来里路已属不易，何况背上还得驮个人？到我姑姑年龄稍长，每天沿路打草拾粪又成了我父亲的硬任务。我叔叔和我姑姑放学后直接回家，我父亲则背着粪筐在野地里乱转，往往是天擦黑了才到家，不得不在门口赶写作业。我奶奶有时会说"回头点了灯写"，我爷爷赶紧发话："就那几个字，写完就中，还耽误到啥时候？"

我爷爷在孩子读书问题上表现出极大的偏心，因为他憋足了劲要让孩子的未来符合自己的安排。对我叔叔，他隔三岔五就问："写字写完没？先生说没说好？"他甚至破费为我叔叔买了个算盘，"你要是能把算盘打到你邵老师那样，将来指定能当生产队会计，不比下田干活强？"而我父亲明明到了看东西眯眼的地步，我爷爷却还计较他驼着背。"当兵的得站直了！你成天虾个腰，部队能要你？"

我爷爷的话没错，我从记事起就觉得父亲驼背。那时他是物资回收公司（即废品收购站）的出纳，蜷缩在大大小小的磅秤和骨头的腐臭中间——回收骨头是他们最大的业务，眼镜滑落到鼻翼上。我估计来卖废品的人头脑里会涌出"账房先生""高利贷"甚至"废物利用"等词，但绝不会联想到军队或任何与军队有关的事物。

还是接着说算盘吧。算盘被我叔叔金贵了没三天，终于在放学的时候塞到了我父亲手里，眨眼工夫我叔叔已不见了踪影。此后背算盘回家就成了我父亲的事，他没把这事向我爷爷、奶奶告状，却一路拨弄，没过多少日子就把手指头练得透熟。

我奶奶起初对上学的事不太过问，因为她不识字，但她渐渐认得了小邵在我父亲的本子上写的"好"字。她质问我叔叔："你哥有'好',你咋没有?"我叔叔挤着眼睛要哭,我爷爷却在一旁轻描淡写地说:"下次写好了,听到没?"有一次我叔叔作业根本没做,我奶奶对他发狠,而我爷爷则把我父亲揍了一顿,理由是:"在一个班里上课,你这个哥是咋当的?"那天我奶奶实在看不下去了,提出谁上学好谁就该当会计、谁腰板直谁就该去当兵。我爷爷见自己的地位在孩子面前受到威胁,拍着桌子吼道:"我说定了的!谁想改?下辈子跟别人改去!"

八

父亲在读小学五年级时到了参军的年龄。生日那天我爷爷就拽他上了公社,把他推到于大海面前,"叫于叔。"

"于叔。"

"哟,"于大海愣了好一会儿,"大刚,恁高了?今天咋得空来?"

我爷爷不回答他的问题:"他是你看着长大的,你就说他咋样吧。"

"啥咋样……柱子?"当着我父亲的面,于大海没管我爷爷叫"裤裆"。

"我们是一道玩大的,还一起打过鬼子,你看看你们、你看看你自个……"我爷爷朝办公室的各个方位乱指一通,一脸通红,"今年征兵哪怕征一个,也得是他!"

"你……就为说这个?"

"我来找你还能有啥事?你给个痛快话!"

于大海半天没反应,我爷爷瞪大了眼睛:"你真能不叫他参军？"

　　我估计自从当上公家人后，于大海还没遇到过这样跟他提要求的。后来他搂着我爷爷的肩膀叫"柱子哥"，还回忆了打鬼子的"光辉历史"，绕了半天才说参军的事部队说了算，由不得地方。我爷爷坚持"摇头不算点头算"，于大海只好答应尽力帮忙。

　　我爷爷没进门就嚷嚷开了："看到没？我说过了的！小二、妞妞，听你哥学学你大海叔是咋说的！"

　　我奶奶自然高兴，那晚的糊糊打得特别稠，可我爷爷还是拿了煎饼撕给孩子们，对我奶奶吃惊的样子不予理睬。他一手端碗，一手握煎饼，满面红光地对我父亲说："你上学也别太使劲了，临走还不该帮家里多干点活？"

　　我奶奶把碗一放，犹豫了一下却什么都没说。她一下子失去了发言权，从那天晚上到征兵结束，每回做晚饭她都犯难，不时从锅屋里探头打量，然后叹息着又往锅里撒半把棒子面。

　　我父亲体检没通过。问题很清楚，当时农村里没有保护视力的概念，我爷爷、我奶奶知道他眯眼看东西，却不知道那是近视，而小邵甚至连学生座位要经常调换的道理也不懂，硬是让我父亲一直坐在教室最后。据我父亲回忆，他从三年级起就不是班里最高的了。

　　我爷爷无法接受这个事实，拽着我父亲到公社论理。于大海解释得口干舌燥，只好让他们去县里找栓子。征兵时节栓子是全县最忙的人，生生被我爷爷磨了两天，终于动怒。我父亲听他当面数落我爷爷鬼子没打成却尿了裤子的事，恨不得找个地缝钻进去。

　　回到家，又捧上了能照见人影的糊糊，我爷爷蹙眉道："就这个？我到处找人，走了多少路哩！"

"那是你自找！我说多少回给他点个灯写字，你哪回依了？"

"这事能怨我？"我爷爷毛了，"是你让他上学的！"

"你自个也去过学校，回来咋说？你说先生算盘打得好！我说小二读书不如他哥，你还说你都定好了的！他参不了军也没啥，还是那句话：谁上学好谁就当会计、谁腰板直谁就去当兵！"我奶奶说着放下碗，摆出一副不准备再吃的架势。

我爷爷呛了一大口，我奶奶趁他咳嗽的工夫径自点上了灯，叫我父亲把作业补上。我叔叔和我姑姑见情况不妙，赶紧围上炕桌。我爷爷咳了好一阵子，然后坐在阴影里一动不动，粗重的喘息表明他已是忍无可忍。

我父亲那会儿心里直发毛，参军没了指望，父母亲之间随时可能爆发大吵，而自己还有一堆功课得赶。他拽过算盘，噼里啪啦打将起来。那是他第一次在家里拨弄算盘，他们全愣住了。我爷爷猛地站起来："小二，是你打的？"

"是俺哥……"

我爷爷一个箭步冲到炕前，两眼不停地眨，忽然对我叔叔吼道："你咋打不到你哥这样哩？！"我叔叔当即吓哭了，但没人理他，大家都盯着我父亲的手指，噼里啪啦，噼里啪啦。好一会儿，我爷爷摇了摇头："还是跟不上你邵先生打的。"

"那自然，"我奶奶抢过话头，"他是头一回哩。"

我爷爷僵在那里，我父亲以为这下他要爆发了，谁知他竟蹭蹭回到饭桌旁，一仰脖子把碗里的糊糊全灌了下去。

我是在参加高考的时候知道了这事。我父母亲为坦克吵得不可开交，因为我成绩一般，班主任建议我报坦克学院。父亲认为老师说得不会错，母亲则尖着嗓子叫："现在都什么时候了？他去开坦克？你干脆让他去开手扶拖拉机好了，农民就是农民！"事后父亲在我小房间里坐了半天，我等他拍板。他却长叹一声，说真后悔当年没当成兵，然后断断续续对我说了那天发生在老家的事。我一下子同情他起来——看到父亲得不到应有的地位，长子心里最不好受。同时我也理解了为什么我奶奶比我爷爷疼他，而他却对爷爷的话铭心刻骨。现在看来，我爷爷仰着脖子灌糊糊在我父亲心里意味着很多东西，否则他不会把一个动作记那么牢。

父亲没参成军，对我们家的影响的确深远。首先是晚上经常点灯了，而这又导致了完小毕业时父亲的功课比其他人好出一大截。他被推荐上了县中，后来又保送到省城读会计学校。第一年暑假回家他就引起了轰动，因为他带回了牙具和脸盆。每天早上门口都围着一群人看他拿小刷子朝嘴里"揣"。直到他仰俯几度，将嘴里的白沫吐尽，他们才拖着农具离去，意犹未尽。脸盆的用法更绝，我父亲不知从什么书上看到一种灭蚊方法：用肥皂蘸水涂抹脸盆，趁湿在蚊群中挥动，蚊子就粘在了脸盆上。黄昏来临，蚊子在门口飞成黑压压的一团，父亲朝脸盆上打肥皂的工夫外面就围满了人。在他们欢呼声中，父亲冲进蚊群，舞动脸盆上下扑腾。不一会儿他们就叫："黑了、盆黑了！再弄一盆新的！"如是再三，直到天完全黑透。

这些新鲜玩意甚至招来了几拨提亲的人，我爷爷乐得合不拢嘴，每回都要留人家吃饭，我奶奶却半天不下厨，硬是把大家的表情都给晾尴尬了。人家刚出门我爷爷就压着嗓子吼："人家大老远地跑来，有你这样待客的？"

"啥客？谁请的？"

"人家是来提亲的！"

"说的！我儿子赶明儿是公家人，能要他们给提？"

"啥？！照你说他就不回来了？"

"他回来是把孙子带来给俺看，不是搁这儿过日子！"

"嘿！你还记得自个儿姓啥？他爹他妈都是农村的，你能把他指派到哪儿去？"我爷爷终于放开了嗓门。

事后，我奶奶在锅屋里瞪着灶膛里的火苗出神。我父亲他们几个怕她出事，轮流到锅屋门口探头探脑。我奶奶忽然叫住我父亲，让他仔细朝灶膛里瞧，说着又续进一把柴。她说她没去过城市，但城市跟灶膛应该是一个理，什么递进去都得烧，烧出来的灰都一样。"看到没？你在城里你就是城里人！"

我父亲瞅了半天，还是不得要领。等他们闻到煳味，馍已经烤焦了半截。看着我奶奶心疼的样子，父亲手足无措。

"唉，馍和柴草也是一个理哩。"我奶奶摔打着硬邦邦的馍说。

父亲目瞪口呆。他忽然发觉我奶奶有些异样：这回她脸上的疤没红！

三十年后农民大举进城，收破烂这行当成了很多农村人立足城市的首选。他们给的价高，还上门服务，物资回收公司被冲击得奄奄一息。职工们聚在一起长吁短叹，父亲忽然想起我奶奶那天在锅屋里说的话。他再度目瞪口呆，刹那间明白了为什么一锅馍都焦了，而我奶奶居然面不改色。

九

我奶奶的话道出了我父亲面临的问题。会计学校大多是城里学生，我父亲除了珠算之外别无强项。他个子矮，衣服不常换，而且只有一双鞋。就说在家乡引起围观的刷牙吧，在城里则被同学们耻笑，因为刷毛掉光了。"你们家怎么还不寄猪鬃来（那时牙刷是用猪鬃做的）？你直接抓着猪鬃刷也比这个强呀！"

至于脸盆扑蚊子的事，我父亲在城里统共只舞过一次，扑到三个蚊子，笑趴了七个同学。"别停、别停，"他们叫道，"我们要看看北京猿人到底是怎么生存下来的！"其他同学听到动静赶来："嗳、嗳，让我们也见识见识你们家乡的灭蚊方法嘛！"

这种局面直到"文革"开始才有所改变。校园里一下子冒出了两个"战斗队"，为了使队伍的阶级成分更纯，他们同时到宿舍来拉我父亲入伙。我父亲看看这边又看看那边，看到的都是严肃得发红的脸。他猛然意识到这是他人生的转折点，一哈腰从人缝中钻了出去。他们追到操场，我父亲竟绕着跑道转起圈来，怎么叫都不停，把他们吓得不知所措。

同宿舍的人被叫去了。天已黑透，两派人马分立操场两边，灰乎乎的跑道上只有我父亲一人在跑。他和这一派的人说半圈话，再气喘吁吁地回答另一派的问题。

"'谁是我们的敌人，谁是我们的朋友，这个问题是革命的首要问题。'你怎么还不决定？"

"琢磨着哩。"

"'革命不是请客吃饭，不是做文章。'我们可不能再等了！"

"再等两分钟。"

同宿舍的人得出结论，我父亲是被革命豪情激荡到这个程度的。不知他们的说法对不对，反正我父亲当时头脑里尽是贫农成分、往日所受的蔑视、眼下的大好形势，等等，这一切捣鼓得他血液奔突，太阳穴嗡嗡乱叫，脚步根本停不下来，跑了好多圈他才意

隔着马路呼喊你的名字

识到不能让这个机会转瞬即逝。他猛地叫了起来，由于上气不接下气和浓重的耿圩口音，他们半天才听明白他在说什么。

他说的是我爷爷是抗日英雄，自己所受的革命传统教育在整个校园里无人能及！

他们当时全愣住了，听起来我父亲有职务上的要求，可是在这个节骨眼上哪有工夫研究他的职务问题呢？干脆回去备战吧。我父亲叫完之后跑得愈加意气风发，忽然发觉边上没了人，而不远处杀声震天——两个"战斗队"在回去的路上已经打起来了。我父亲猛地站住，操场在他的喘息中如大海起伏，我爷爷错过抗日战争的悲剧从他脑海闪过，天旋地转。

父亲对那晚上的事不愿多谈。我小时候曾听到母亲的斥责："我就不明白你为什么要撒那样的谎？这么多年了我还是弄不明白，看来这辈子是弄不明白了！不过有一点，人家打起来的时候，你真的一直站在跑道上喘气？旁边还有女同学吧？"父亲赌咒发誓那晚操场绝对没有一个女生，只是他当时脑子里一下子空了，后来自己都不知是怎么回到宿舍里的。

"哼！"母亲冷笑一声，"那个叫杨心洁的也不在？我可没那么幼稚！"

"哎呀哪有那事……"父亲这时看到了我，脸唰地红到了脖子。

我由此知道父亲有一个女同学叫杨心洁。这名字一听就能使人产生好感。不过我父亲站在跑道上喘成一团的时候，这个名字还没在他心里扎根，那会儿他眼巴巴地等造反派回来找他。

但是没人再来。形势发展如火如荼，两派人马分别占据了教学楼和宿舍楼，然后内讧、分裂。新成立的团体占领了食堂，打饭的窗口只剩下两个，大家都戴着柳条帽就餐。眼见得自己越来越无人问津，我父亲这才和杨心洁等人凑到了一起。

那是几个至此还没参加组织的人，大多家庭出身不好，比如杨心洁，因为她外公去了台湾，父母已被批斗得奄奄一息。他们泪流满面地要她无论如何投身运动，那架势就像临终遗言一样。我父亲与他们为伍，自然成了头。可是校园里大家都知根知底，他们这样的"战斗队"肯定得不到大家的承认。经过讨论，他们决定北上串联，那样起点就高了。从这件事上可以看出，成分不好的人大多脑子不坏。

问题是我父亲不但只有一双鞋，还汗脚，没到北京就把队伍熏散了，只剩杨心洁和他一起到天安门广场喊哑了嗓子。

回到学校，别人并没有对他们刮目相看，而且他们找不到地方作为司令部，两人急得在操场上团团转。那时操场上的杂草已蹿到一人多高，贫农的儿子和国民党的外孙女在草丛中时隐时现，立刻吸引了所有人的目光。父亲起先以为别人是不服气他去了北京，根本没朝心里去，还是同宿舍的人跟他说了实话："北京大家都能去，我们到现在还没去是为了坚守阵地。你的问题是站错了阶级立场。你要是和一个工人家庭出身的女生一起进出，大家会这样看你吗？我们真不明白，你怎么还没到风口浪尖就翻了船呢？"

说完他们转身而去，留下我父亲呆若木鸡，一身冷汗。

我父亲支支吾吾地把顾虑跟杨心洁说了。她立刻抹起了眼泪："我没有把个人情感带到运动中来……虽然和你在一道我特别踏实，但我没有……虽然我早就知道会有这一天，但我仍然……"她用了很多"虽然……但"，使得我父亲在回宿舍的时候步履踉跄，并暗自发誓要永远把她藏在心底。第二天他加入了一个不起眼的"战斗队"，没提职务上的要求，只是特别愿意站岗。他挂着角钢长矛一

隔着马路呼喊你的名字

站就是好几个小时,人家来换岗他还把人家撵走。他们注意到我父亲总是伸出右脚尖在地上写字,又立刻抹平。没人知道他写的是什么,反正他穿了很久的那双鞋很快就被淘汰了。整个"战斗队"为此欢呼雀跃,那竟是他们在那段时间中弄出的最大动静。

我估计我父亲反复写的是"杨心洁"三个字,但我不敢求证。不是我怕他,而是我为他怕我妈。

据说杨心洁一连几天以泪洗面,硬撑着到食堂帮助择菜、洗菜,食堂师傅虽然同情她,却不敢让她上锅台。她打完下手就抱着菜帮去猪圈,对着吱吱叫唤的六头猪哭得昏天黑地。有人偷偷把情况告诉我父亲,他咬紧牙关回答:"每个人的革命道路都要靠他自己走!"这句话传遍了校园,大家嘴上说"好、好",却从此离我父亲远远的。

军代表来到学校后,对每个房间都是"司令部"的局面非常不满。他想找个能把各派统一起来的人,我父亲居然被列入了候选名单:家庭出身贫农、一贯艰苦朴素、没有过激行为、为投身运动斩断了与国民党外孙女的来往、据说父亲还是抗日英雄。"我们首先考虑产业工人子女,可是万一找不到哩?"军代表敲着桌子说,"贫农出身的也行!"他乡音浓重,听上去离我老家不远。这大概也是我父亲被看中的原因之一。

听说自己被列为候选人,我父亲那天没吃一口饭。他绕着操场一个劲地转,大家知道他有心事就要跑步,都没在意,他却鬼使神差地来到了食堂和猪圈之间。杨心洁紧搂菜帮一溜碎步而来,我父亲猛地钻出灌木丛,吓了她一大跳,但她没叫,张着嘴巴眼泪就下来了。

"别哭、别哭呀你!"父亲赶紧蹲下拾菜帮,"我是候选人了哩。"

杨心洁说不出话，只是一个劲地咽口水。

"到时我让你加入。"

咽口水。

"咱就又在一块儿了。"

咽口水。

"这点菜帮不够猪吃哩！"

杨心洁一愣，脸顿时通红。

"咋了你？"

"以后……又有机会向你学习了。"

我父亲忽然不知该说什么了，傻站了一会儿忽然转身，杨心洁这时啜泣着叫了一声："和领导说话要先考虑好！"他停下，还没回头就感到了胸口急速膨胀。他估计那是责任和勇气，所以一直没回头。

下午军代表接见了我父亲，我父亲为避开杨心洁的事，使劲把谈话朝我爷爷打鬼子的事上引。这一招果然奏效，军代表刨根问底，一个崭新的我爷爷就在他们的问答中诞生了：组织乡亲们抗日、袭击鬼子据点时第一个开枪、击毙鬼子数人后负伤、坚持敌后游击战、配合八路军最终取得胜利！

军代表兴奋得直搓手。"哎呀，哎呀！"他忽然要我父亲给家里写信，请我爷爷来做报告，还说由他从军邮寄出又快又省钱。

"啥？！"

"咋的？"

"俺爹不能来。"

"咋不能来？"

隔着马路呼喊你的名字

"俺爹……"

"你爹咋啦？"

"俺爹……身体残疾。"

军代表半晌没回答，只听他呼吸越来越急促。我父亲不敢抬头，忽然被军代表一把抓住。我父亲惊叫一声，但军代表声音更大："谦虚谨慎！从你身上我就能看到你爹的影子，这不叫谦虚谨慎啥叫谦虚谨慎？"他已然热泪盈眶。

军代表随即回部队请示，然后连夜开吉普车去接我爷爷。

校园轰动了，老师同学纷纷涌到宿舍里来。我父亲面色惨白，不停地握手才使他没瘫倒在地，但腿抖得不行，衣服也已汗透。他感觉到自己挺不住了，一咬牙推开人群，跟跟跄跄朝操场跑去。他们以为我父亲又是革命豪情激荡，居然有几个跟着跑了几圈。要不是革委会领导来叫他们去为欢迎老英雄布置会场，我父亲可能当时就死在跑道上。事实上他们刚转身我父亲就一头栽进草丛，手脚冰凉，气若游丝。

两天后军代表回来了，跳下吉普车就要见我父亲。大家忙不迭去叫人，这才发觉我父亲不见了。全体师生紧急出动，足足找了两个时辰，终于在草丛深处发现了奄奄一息的他。出乎大家意料的是，军代表扑上去揪住我父亲的领口大叫："尿裤子的人也能被你说成抗日英雄？！你丢了家乡人民的脸！丢了贫下中农的脸！丢了红卫兵的脸！还丢了我的脸！"

十

三个月后，我父亲背着铺盖卷，怀抱脸盆和牙具回到耿圩。我奶奶正在收拾堂屋，我父亲站在院门当间，迟疑着怎么开口。村头的高音喇叭忽然"滋——"了起来，于大海的女儿于小玲用极其不地道的普通话高喊："最新指示！最新指示！知识青年到农村去……"

我奶奶猛地扭头，只见我父亲垂头站在门洞里。她瞪着他，不说话也不动，隔着自家的院子和于小玲的最新指示，她明白自己的希望也落空了。

我爷爷对这事不太在意，收工回来就坐到了饭桌上，吃了几口才说："毛主席都最新指示了哩，城里人都得下到俺这儿来，俺又凭啥待城里？"他忽然笑了，"要我说这样也好，这些日子我听着小玲播广播就寻思让你和她处对象。你听她广播没？气多足！身体指定好！你觉着咋样？"

我奶奶把碗一放，"咱不和她！"

"不和她和谁？"

"和谁都不和她！"

"啥？！头回你说大刚将来是公家人，不要人家提亲，现在小玲就是公家人哩！"

"头回是头回，现在说现在！现在公家人咱攀不上！"

"啥攀不上？"我爷爷松了口气，"就凭我跟于大海一起打鬼子，大刚参军的事他就欠着我的，现在咱把省城会计学出来了，有啥攀不上？"

我奶奶忽然发觉我父亲连脖子都红了。

"我看就正好！"我爷爷又说。我奶奶没接茬，怔怔地看着我父亲。

第二天中午，我爷爷被太阳晒得又红又亮，冲进公社食堂就

隔着马路呼喊你的名字

叫:"大海,我找你!"

"柱子?!"于大海吓得站了起来,"你……吃饭没?"

"吃啥饭?说正事哩!"

于大海被我爷爷拽着,心里直发毛。

"我家大刚从省城回来了!"

"啊?!"于大海一惊。军代表开着吉普车在县城和公社之间跑了好几趟,于大海知道我父亲在学校的事。

"我觉着他和你家小玲就不错,你说哩?"

于大海半天才弄明白我爷爷不是开玩笑。他要我爷爷吃了饭再说,我爷爷却偏要他立刻拍板,两人在食堂外拉拉扯扯,搅得其他同志饭都没吃安身。直到食堂的人都走光了,于大海才把我爷爷摁在板凳上。

"菜都没了,咱就黄瓜蘸大酱,我没拿你当外人!"于大海立刻把嘴里塞得满满的,"唔?你咋……?"

我爷爷看着他,目光已然不是滋味。于大海又要蘸酱,见我爷爷还那样盯着他,只好把黄瓜放下。"柱子,咱是一块玩大的,我也不能跟你说假话。小玲工作没多久,到现在组织问题还没解决,个人问题一时半会不能考虑。"

"扯啥哩?跟大刚搞对象她还不能入党了?"

于大海不得已把发生在会计学校的事告诉了我爷爷。我爷爷听完后抓起一根黄瓜,于大海赶紧把大酱推过去,不料我爷爷猛地站了起来,黄瓜汁水顺着他的指缝滴了一桌。

"你说啥不中?!"我爷爷一到家就咆哮起来,手中的黄瓜几乎戳到我父亲脸上,"啊?!你说啥不中?!"

我奶奶赶紧拦在他们中间,"他说啥了?"

"你问他自个！他在学校咋说的？人家领导还来调查了哩！"

我奶奶问："你说啥了？"

我父亲脸涨得通红。

"你到底说啥了耶？！"

"他说我是抗日英雄！"我爷爷吼道。他还想再叫，却忽然打住，一屁股坐在门槛上，使劲挤捏那根已经面目全非的黄瓜。

我父亲的啜泣从一片死寂中升起，越来越响，终于"哇"地爆发，哭得如同小孩一样。

没几天我爷爷就托人捎话给那些以前来提亲的人家，说现在是考虑儿女大事的时候了。他这样做的真正原因是乡亲们总想弄明白为什么大刚和毛主席的指示一起下来，而广播里才开始动员？为什么大刚算盘打那么好却不当会计？为什么我爷爷不去公社找于大海说一声？我爷爷带着我父亲一起下田干活，这些接二连三的问题每回都把他们问得心惊肉跳。

话捎出去了个把月，以前提过亲的一个都没露面，却来了一个以前没来过的。那姑娘眼睛斗鸡斗得厉害，非得侧身才能认准是谁在跟她说话。我爷爷还盯着人家问这问那，气得我奶奶把院子里的鸡全轰到了墙头上。

"我是想给你找个外村的，你到那边安家，路也不远，总比守在队里强。"事后我爷爷解释说。他和我父亲都红着脸不看对方。

他干咳两声又加上一句："再说你弟你妹也不小了哩。"

"老二和小凡该咋办咋办，他不碍事！"我奶奶发话了。

"咋不碍事？小凡不说，大明还能成家在他哥前头？"

"有啥不能？这事也有王法？"

"王法是没有，可他就落单了！"

隔着马路呼喊你的名字

"落单就落单,落单了天也塌不下来!"

我父亲猛地抬头,瞪着我奶奶半天合不上嘴。

听完这段,我赶紧把我奶奶历来做出的重大决定捋了一遍,竟然每一个都对家庭有利,只有其中的第一次——她自己决定嫁给我爷爷,现在看来难以定论。但我今生今世也无法对那件事做出判断,因为我是他们的长房长孙。

那么,这回呢?

其实这回连她自己也没谱。我父亲在会计学校的事要是传开,他真可能一辈子落单。

不过我奶奶话音刚落,知青就来了。

十一

来了六个知青,四男两女,都是省城的,其中两个戴眼镜。刚开始他们排着队下田干活,休息的时候为贫下中农唱歌,戴眼镜的那个男知青还掏出笛子伴奏。村里被他们搅得像过年一样,连一向不下田的我奶奶也到地头去看"演出"。她一看就看出了问题,回家对我父亲说:"你也是知青哩,就光知道待一边看?"

我父亲埋下了头。

"你这样是个啥?"我奶奶叫了起来,"啥都不是了哩!"

我父亲在炕上翻来覆去一宿。第二天唱歌的时候,他先在贫下中农这一侧憋红了脸,然后猛地冲向知青那边,还没站稳嘴巴就迅速开合,却因过分紧张而发不出声。乡亲们哄堂大笑,知青们不知所措,可他偏偏在这时出了声,尖利而笔直,仿佛挣命:"鱼儿离不开水呀,瓜儿离不开秧——"知青们顿时全笑趴了。

我父亲那天到家，我爷爷劈头就问："你那叫唱歌？啊？！"

我姑姑也说："哥，唱歌不是你那样的！"

"说啥哩？"我奶奶从锅屋赶来，"男人赶牲口的也是唱，媳妇带孩子也是唱，你哥那咋就不是唱哩？又不上广播，不唱他咋办？"

她的话勾起了全家人的心病，我爷爷、我姑姑对我父亲唱歌的事再也没说过一句话。

我父亲明白那是把他死马当成活马医，又硬着头皮唱了几回。不料还真见了效——知青们比较愿意和我父亲说话了，有一天竟说了一后晌。乡亲们从没见我父亲有那么多话，不时扭头看他，所以大家那天都没出活。人们的反应被我父亲看在眼里。回来了这些日子，他第一次觉得省城读书的经历能派上点用。

那天收工后，我父亲还一路引出新话题。他打定主意自己就是知青，想都没想就跟着他们朝知青屋那边拐去。知青们面面相觑，我父亲看到了，连身后的乡亲们吃惊的目光他也感觉到了，但他决计不回头，就像回家一样。

但知青们站住了，一齐冲我父亲笑。

我父亲说："呵呵，你们……"

"呵呵，我们……不早了，你也回去吧。以后有空再聊，再见。"

我父亲扭头，乡亲们在路口齐刷刷地朝这边看，再扭头，知青屋的门正轻轻掩上。

从知青屋回到乡亲们身边的那几步路，我父亲真不知道是怎么走过来的。乡亲们倒直接："你跟他们口音不一样哩。"

"有什么不一样？"我父亲努力绷住。

"连唱歌都能听出来！"

"什么？！"

"你听听、你听听，他们说'神摸'你说'蛇妈'，是不一样哩！"

"这……明明一样的嘛！"

乡亲们不跟他争，又朝知青屋那边望。我父亲正想溜，却被叫住："大刚，你在省城上学时有女同学没？"

"当然。"

"你女同学也穿小背心？"

"啥？！"我父亲扭头再看，知青屋外的各式内衣中，两件女式小背心格外抢眼。

"为啥要穿它？"

"恁小的背心咋朝身上套？"

"她们……睡觉也穿？"

我父亲刚解释了几句就被打断了。"听出来没？他没跟女同学搁一块过哩？我觉着该是这样……"他们讨论着走了，竟没人跟我父亲打个招呼。

我父亲会永远牢记当时的情景：乡亲们和热烈的话语忽然都没了，只剩炊烟在村外越积越厚，一直连到天边，我奶奶的质问猛地在半空炸响："你这样是个啥？啥都不是了哩！"

我父亲浑身一激灵，刹那间明白了自己的身份：既不是贫下中农也不是知青，就像上会计学校时既不是乡下人也不是城里人一样。

"是个XX！"他恨恨地说。

回家后，我父亲把眼镜扔进我奶奶的针线笸，吓了我奶奶一跳,"耶?!摔坏了你戴啥?"

"我不戴了!"我父亲眯着眼宣布,"再也不戴了!"

幸亏知青们红火的时间不长,没出半个月他们一到休息就躺在地上了,唱歌的事就此打住。分红后情况更糟,他们不但没拿到钱,还都欠下了队里的债。来年春天村里不见了十几只鸡,经常能听到女贫下中农站在村口骂,虽然没指名道姓,但都朝知青屋方向挥胳膊跺脚。

我们全家迷失了方向,好一阵子吃饭没人说话。我爷爷经常吃了几口就把碗一搁,全家人都以为他要说什么,他却一声不吭出了门。有一天我父亲也憋闷得受不了,趁黑出了院子,刚拐过屋角就吓了一跳。"谁?!"半天才认出在他面前揣灰跺脚不吱声的人就是我爷爷。"爹……你弄啥哩?"

我爷爷好一会儿才说:"你上哪?"

"不上哪……就村口看看。"

"走。"我爷爷走了两步又回头,"唔?"

在耿圩的历史上,父亲和儿子一起到村口大概只有过那一次,而且是一个蹲着一个站着,默默面对乍暖还寒的春宵。

风刮了一天,到那会儿小了点,我父亲只能看见一大片黄黄的月亮。我爷爷忽然说:"我以前也搁这儿待过,就我一人,那天……比今天暖和。"

我父亲赶紧眯眼,但我爷爷没再说一个字。

十二

戴眼镜的男知青是第一个离开耿圩的,据说他还会画画,给

隔着马路呼喊你的名字

人家画毛主席像一天能挣十五块钱。他一走,其他知青也都忙活起来,不久有人转去了农场,还有的称病回城。他们再也没露过面,如今村里人连他们的名字也想不起来了。

只有戴眼镜的女知青没走。她叫郭敏。

郭敏的父亲是民政局干部,具体说是管火葬场的。火葬场实在找不到批斗对象,只好把他揪了出来,因为他建议为死者化妆,却没制定监督条款,使得资本家遗孀死后仍然比劳动妇女显得富态。那几个知青离开时,郭敏的父母分在两个农场接受改造,城里的房子也分给了别人。

郭敏大概和那个戴眼镜的男知青好过一阵子。有人曾在月亮地看见两个人影靠在一道,仔细看时只见四个眼镜片一起反光,估计就是他俩了。戴眼镜男知青走后,邮递员于小海成了她每天的守望。

于小海是于大海的儿子、于小玲的哥,那会儿他还没车子骑。知青们都在的时候,老远见到他那身绿衣服,锄头立刻乒乒乓乓倒了一地,田埂上的赛跑随即开始。乡亲们挥舞拳头为他们加油,甚至为他们打过赌。那是大田里最热闹的景象,以至于经常有人冷不丁大叫一声"于小海来了",也能让大家乐半天。

戴眼镜的男知青可能来过信,因为郭敏把自己在知青屋里关了四五天。直到她又出来干活乡亲们才松了口气,看来她和戴眼镜的男知青之间没出过大事。其他几个知青相继离开后,大家意识到问题的严重性:郭敏经常肿着眼泡出工,干活时还偷偷抹泪,冬天手上的冻疮烂得吓人,而她干一天活只记四分工。

"她一人挺不住了哩!"看着她孤零零的背影,乡亲们把原先的仇恨都忘了。

"是哩!她该在这儿找个婆家。"

"她能愿意?知青迟早还是城里人!"

"说啥哩?能走的还不早走了?就说她,人家也不一定愿意,她还戴眼镜哩!"

这些话让一个人呆若木鸡,他就是我父亲。那阵子他天天和郭敏一起干活,正准备再把眼镜戴上。听到这些话,他犯起了嘀咕:她也会回城?她还能在这里待多久?剩下的知青还算不算知青?她愿不愿意在这儿找婆家?他被这些问题搅得浑浑噩噩,甚至考虑起两个近视眼生下的孩子是不是肯定戴眼镜的问题来。要不是邵老师在一个闷热的夏夜到我们家来要水喝,我父亲可能会一直沉溺在幻想中。

邵老师那会儿已三十出头,还是单身一人。有一阵子大家都给他介绍对象,但他认定只要县城里的,连公社书记的面子都不给。书记说他思想还是有问题,像他爹。前一阵子听说他找了个女知青,谁都没料到他会忽然到耿圩来。

原来是那个女知青回城了,带走了小邵为结婚准备的人造丝被面,随即来了一封绝交信。"你们见过这样的人没?不谈了还留着我的被面,她以后和人家能盖安身?!"

要不是我爷爷、我奶奶轮番提醒,碗里的水大概会被小邵晃得精光。我姑姑因为衣服不合身而一直躲在暗处,但老师来了又不能不说话,趁他喝水时间:"邵老师,你到耿圩来弄啥?"

"人家又给介绍了一个人,你们耿圩的,叫郭敏。"

我父亲脑门"嗡"的一声,好一阵子听不见邵老师在说什么。

"……她们跟你好的连你自己都不信,有些话我真不好说,可到头来哩?我是教师,不得谨慎些?我不能说走就走耶!再说这个

隔着马路呼喊你的名字

人也长得不咋样。"

原来他和郭敏绕着村子转了好几圈，口渴得不行，所以那么晚到了我家。至此我父亲才恢复神智：郭敏没让他进屋，连站在门外喝水也没让！

小邵临走时和我们家人一一握手。我姑姑的手从来没被男人握过，羞得不行，躲闪着说"邵老师……邵老师"，小邵却偏偏抓着她的手不放："你以前读书不用功，要是你能像你哥……唉！"

我叔叔气坏了，我父亲刚送小邵出去他就说："像我哥咋的？跟他自个儿一样晾到现在？真是，还招一屋蚊子！"说完他就吹了灯，我父亲回来满屋瞎摸时，他还在黑暗中痛骂姓邵的不怀好意。

我父亲琢磨了半宿，第二天干活时就一个劲地朝郭敏身边凑，但他太紧张，一直不敢开口，只好把《天大地大不如党的恩情大》哼了一遍又一遍。"你别唱了好不好？"郭敏终于憋不住了，"听得人心里直发毛，你就不能说点什么？"

我父亲脑子里更加一片空白，好一阵子才意识到郭敏是想和他说话。他忽然说："你觉得邵老师怎么样？"话刚出口他就知道这问题问得很蠢。

郭敏瞪着他。

"我是说……"

"那么没意思的人也值得说？"

我父亲一愣，忽然嘿嘿笑了："不值、不值。"

"我倒想问你怎么不戴眼镜了，成天眯着眼，累不累呀？"

我父亲后来再也想不起来自己是怎么回答的了，胸口一下子膨胀起来，就和当年杨心洁在他身后轻声叮嘱的感觉一样。等他趁擦汗再回头时，郭敏正看着他，一脸恐慌。

那天我父亲一回家就把眼镜找出来戴上,我奶奶赶忙说:"饭都做好了哩!"

"我没说要上哪!"

"没要上哪……还戴眼镜?"

"眼镜就得成天戴,你看郭敏,干活也戴哩!"

我奶奶把那天的馍又烤焦了,因为她实在想不通为什么这两天人人都在说郭敏。

眼镜的确帮助我父亲观察到一些细节,如:

郭敏不一定每天都穿小背心,因为她小褂下面有时有印子鼓起来,有时却没有;

郭敏的父母都很能写信,她平均三天收到一封,而且信都比较厚;

郭敏不再跑着迎接于小海。她低头走在田埂上,脚步细碎而急促,拿到信后边读边朝回走,到了田头眼圈总有点红。

但自从我父亲又戴上眼镜后,郭敏一直没跟他说过话。开始他以为是姑娘家害羞,直到有一天他看见于小海陪郭敏回到田头,而郭敏眼圈没红脸却是红的。于小海离开后还回了两次头,等他不见了影子郭敏才拆了信看,看完揣进兜里,丝毫没有感伤的迹象。

队长说:"你干活耶,大刚!"我父亲才发觉自己手脚冰凉。

十三

我父亲说他对那几天发生的事记不清了,我不得不停下来等他理清头绪。他把电脑打印稿拿去看了几次,每次送回来都附着一张纸条,密密麻麻地记着他发现的错别字,第几页第几行。这虽然省了我不少麻烦，却不是我想得到的东西。

"你非得写这个？"他终于低声问我。我妈正在大房间看电视。

"这故事有点意思。"

"最后怎么收尾？"

我说："现在还谈不上收尾，我不是卡在你这儿了吗？"

他叹了口气，"写出来怪丢人的哩。"

我意识到他不是记不清了，而是不愿我写。

因为那几天他满脑子都是郭敏，当然也有于小海和邵老师，但他俩的作用只是使他对郭敏更加魂牵梦绕，以至于错过了另一个机会。

和前面说的事只隔了一天，有人在田头叫："于小海来了！"我父亲正胡思乱想，猛地喝道："谁……？！"

自从那几个知青走后，再也没人拿"于小海来了"开玩笑，可见大家对郭敏的呵护。但我父亲那几天魂不守舍，叫过之后才意识到自己犯了傻。郭敏已经上了田埂——于小海真的来了。他挥手嚷嚷着什么，远远看去，他比路边的庄稼还绿出一大截。我父亲的脸滚烫，幸亏没人注意他。

"这是咋啦？"

"叫谁哩？"

只见郭敏和于小海一起朝这边挥手，好一会儿大家才听清了他们叫的是：

"耿——大——刚——"

是杨心洁从东北给我父亲来的信。几年之后忽然想起了我父亲，她的处境想必和郭敏差不多，但她的信以政治口号开头，还莫名其妙地描写了冬天的雪景（注意，那时已是春末夏初），我父亲再找有特别意思的句子，信却结束了。

"东北有同学？"

我父亲抬头，他们都看着他。

"女的？"于小海又问。

郭敏的脸好像暗了一下。

"我说你咋恁沉得住气，早定好了哩！"于小海带上了坏笑，"就是远了点，使不上，啊？"

郭敏赶紧离开。"你说啥哩？"我父亲急了。

"哟哟，跟真的一样！不就是那么回事嘛？到时你就知道了。"于小海边笑边摇头，好像我父亲实在不可救药似的。

我父亲再看郭敏：她一路垂着脑袋，似乎有点冷。

那天我父亲把杨心洁的信看了好几遍，琢磨她为什么会在这时来信？她现在写雪景是什么意思？东北的雪想必比耿圩的雪大，她垂着脑袋走在雪地里一定很冷。但他脑海里杨心洁走在雪地里的形象竟然是郭敏先前的样子，他终于发觉自己想不起来杨心洁长什么样了。

这大概可以说明为什么那天晚上我父亲揣着杨心洁的信出了门，两脚却不由自主地朝知青屋方向跨，而且在经过生产队大田时他还掰了两根苞米棒。

知青屋门开着，屋里没点灯，蚊子飞出一片轰鸣。

"谁？！"

"是我……耿大刚。"

"你？想干吗？"

我父亲慌了手脚，嘴巴哆嗦半天，忽然举起苞米棒："这是给你的！"

"什么？"

"苞米棒……"

许久郭敏才说："你来是为了白天收到的那封信吧？"我父亲正不知怎么回答，黑暗中伸出一张小板凳，"你坐外面，比屋里亮。"

我父亲屁股一沾到板凳就把关于杨心洁的一切都交代了，从天安门广场到学校操场，以及食堂和猪圈之间的那片树丛。他不知道郭敏是什么表情，甚至连她在黑暗中的具体位置也不知道，但就是停不下来，因为他在自己的叙述中隐隐约约又看见了杨心洁。

"那你……要让她过来？"

刚恢复的杨心洁最后闪了一下，我父亲重新坐在知青屋外的蚊群里。

"你爱她？"郭敏又问。

"我……忘了她长啥样了哩！"

"真没劲。"郭敏走出黑暗，"我饿死了，你带的苞米棒呢？"

我父亲眼睁睁地看着她重返黑暗，忽然大声说："烤着吃好吃！"

"你再去弄几根来！"

我父亲连着去了三个晚上，造成从我家到知情屋那一路苞米绝收。"你准备怎么给她回信？"第二次和第三次郭敏都是这样开头的，"来，苞米棒给我。"

从第二次开始，我父亲就跟她进了锅屋。在等待苞米棒烤熟的时候，他们谈论的都是爱情的话题。第三天晚上，杨心洁已经成为一个符号，于小海则是我父亲最关心的问题。"他是公社领导的儿子，怎么可能……"郭敏愣愣地看着火苗，然后长叹一声，"难啊！希望中的爱情不知会不会出现，我甚至怀疑这个世界上到底有没有真正的爱。"

她的样子把我父亲的心一下子揪紧了，"你别这样想！会有的哩！"

她摇头："不会、不会！"

"会！"

"不会！"

他抓住了她的胳膊，而她也没有挣开的意思，"会！"

"不会！"

争执在强烈的汗酸味中忽然停止，随即是一阵令人眩晕的忙乱，本能终于帮他们找到了地方。灶膛里的余烬照着她死命闭紧眼睛的样子，我父亲一愣，刹那间溃不成军。

郭敏扣扣子时一直背着我父亲。他再想凑上去，她却说你该回家了。我父亲嗳了两声，浑身是劲却又酥软无比地朝家飘，到家门口才想起那天出门之前没吃饭。

他没感觉饿，又到村口站了一会，和我爷爷1941年去打鬼子前夕一样。这是我们家的男性成员的又一个通病：一沾爱情的边就不饿。

第二天我父亲没和郭敏分在一道干活。于小海从田边匆匆走过，我父亲心里竟涌起一阵得意，"赶吧你，赶死也没用了！"头晚的事在他脑海一遍遍地重演，比发生时更清晰、更具体。裤裆里胀得厉害，他只好拼命干活，把其他人全都甩在了后面。队长来检查时，愣得一个劲眨眼，临走才说："小郭要回城了哩。"

我父亲赶到知青屋时，郭敏已搭拖拉机离开个把小时了。他们头晚做事的地方只剩下一堆苞米芯。

我父亲冲回家大叫："她走了哩！"

"谁走了？"

"郭敏走了哩！"

我爷爷说："知青都得走，迟早的事，人家都这么说的。"

我奶奶待在锅屋门口，嘴巴一直张着。

十四

郭敏的父母官复原职，郭敏立刻回城。还是那个家，只是比原来少了两间房。两个大龄火葬场员工趁郭家离开省城时抓紧找对象，娶的都是女知青。此刻她们都挺着大肚子，要么在厨房炖红枣汤以备日后大出血，要么占据厕所与妊娠便秘做斗争。

所以郭敏最初几天几乎没上过厕所，晚上还不得不与父母挤一个房间。

当务之急是给郭敏找一份工作，最好是能分房的单位。但她都懒得出房间上厕所，哪有单位上门来找她呢？郭敏母亲在区文化馆上班，最有成效的工作就是组织了一次居委会之间的拔河比赛，那还是很久之前的事，找接收单位根本没门。问题推给老郭，他却两手一摊："除了火葬场我还能想什么办法？没房子就不说了，有把自己的女儿介绍到火葬场的吗？"郭敏母亲正要跺脚骂，忽然停住，说出一番令老郭目瞪口呆的话："办法就在火葬场！"

郭敏母亲指出："过去担任一官半职的人之前都受到了冲击，为了还自己一个清白，大多咬牙挺了下来，就像你我一样。但家里老人呢，比如父母、岳父母什么的，就没有没挺住的吗？"

"那又怎么样？"

"怎么样?那些人现在重新工作了!哎呀你怎么还不明白呢?你现在不是掌管着火葬场吗?"

"是呀!可是……?"

"可是什么?你掌管火葬场,他们掌管他们的原单位,有过相同遭遇的人怎么会不帮忙呢?"

于是他们走访刚回城的人。人家只要有亲属在那段时间中去世,郭敏父母就一个劲地道歉,好像追悼会没开好是他们的责任似的。就是通过这种方法,他们感动了肉联厂储运科科长。储运科长的原配下放到农村不久就得了一种怪病,全身急剧膨胀,据说是喝水渠里的水造成的。妻子胀死后,他又娶了一个当地人,喝水渠的水绝对没问题,只是受户口限制,不能跟他回城。储运科长到处解释再婚是出于生活所迫,根本没有感情基础,所以他眼下特别乐意帮大龄女知青的忙。

郭敏父母把他们的打算一说,储运科长差点叫了起来:"肉联厂有房!这个我最清楚,只是……"

"只是什么?"

储运科长看着自己的脚尖,磨蹭了半天才回答:"只是得先领证。"

他的眼神把郭敏父母吓得赶紧起身。储运科长送他们时说:"现在分一套房比找一份工作难多了,我是为小敏着想呀!"

老郭出来就破口大骂,说再也不想看到他那副嘴脸了。郭敏的母亲则一路紧锁眉头,快到家的时候才要老郭冷静,"这个社会是交换的社会,小敏迟早是要嫁人的……你让我说完!我没说一定要嫁给他,但如果嫁一个刚回城的老知青又能怎么样呢?我们应该好好想一想。"

隔着马路呼喊你的名字

由于不便让郭敏本人知道，郭敏父母讨论了一个多月也没达成一致。郭敏的母亲瞒着老郭和储运科长又见了两次面。储运科长向她保证离婚手续正在办理之中，但郭敏的母亲坚持先让女儿上班，因为情感上的事父母不能包办。储运科长折中了一下，先让郭敏在储运科车队里学修汽车，结婚后改变工种完全在他一句话。

郭敏终于拿到了体检通知书。由母亲陪着去了指定医院。郭敏母亲先看到了体检报告，差点昏过去。

报告上赫然写着：怀孕四个月。

后经查实，耿圩的生产队干部没有一个利用职权玩弄女知青，而我父亲和郭敏出轨的确只有一次。

要命的是郭敏的孕期刚超过做人流的期限，引产则可能导致终身不孕。郭敏的母亲急昏了头，竟送上门去给储运科长臭骂了一顿。她以后再没去找过他，因为储运科长让两个刚回城的大龄女知青怀了孕，而他在农村喝渠水的续弦正挺着八个月的大肚子。

形势顿时对郭敏非常不利，老郭这时插手了。毕竟当了多年干部，他一下子就在纷乱的头绪中理出两个关键点：我父亲的身份和郭敏的工作。

老郭首先发现我父亲是在毛主席发表最新指示后被军代表赶出会计学校的，虽然只晚了几个小时，但他无论如何应该算是知青。连我父亲本人都没想到他最终能以知青身份重返省城。

老郭还越过储运科长，直接与肉联厂厂长交涉郭敏的工作问题，谈话中发现厂长家不但过去有人去世，而且近期还可能有人去世。郭敏最终被安排在肉联厂销售科开票，随即按现在流行的说法"奉子成婚"。

被郭敏带回城的那枚受精卵，就是我。

这个故事在耿圩引起轰动并久久传诵，老年人说起它时还会重提我爷爷、我奶奶新婚之夜的笑话。尽管其间相隔了二十几年，说起来却像是前后脚的事，然后大家的思绪又一起朝1941年8月飘去。

十五

从我记事起，我外公、外婆就一直皱着眉头看我，而我和他们见面时我父亲总是不在场，这情形多少有点叫我害怕。

我迫使他们意识到那段历史的存在，而他们最大的心愿是将历史抹平。

所以每次回家后，我妈又开始叨唠："我就不明白你为什么要撒那样的谎？这辈子也不会明白……"

所以我小时候没玩过"拉大锯"。

办完婚事，我父亲独自回到耿圩，在家里憋了好几天，临走时支支吾吾地说："爹、娘，你们啥时到城里来住一阵子？"

我奶奶抢在我爷爷前头说："不了大刚，你在城里也不易，等小郭生了你们就一起回来，孩子我给你们带。"

但我妈再也没回过耿圩，而且不让我父亲带我去。我父亲每次回耿圩前后，家里都是相当长时间的冷场。那也是我童年的记忆。

两次等不到"大孙子"，我奶奶再也没提过让我回耿圩的话。我爷爷至此已彻底归顺，只是在我父亲回乡或者去信的时候，咧着嘴笑眯眯地听关于我的一切。

我叔叔觉得在耿圩憋屈，赶庙会时认识了一个家住很远的姑娘，没两月就到那边安了家。他们生了两女一男，都是由我叔叔的岳母带大的。

我姑姑的婚事拖了很久才解决。我父亲刚进城，邵老师就找各种理由去耿圩，一到我家就谴责知青们做事不地道，似乎暗示我父亲将会被抛弃。后来我出生了，邵老师仍然坚持来，有一天忽然在村口拉起了我姑姑的手。那时天还没黑透，被好几个人看见，我姑姑就死活不愿意了。她变得越来越懒，越懒就越胖，直到有一天上集又遇到邵老师，才心一横答应嫁给他。村里人都笑话她早知今日何必当初，所以她生的女儿也没跟我奶奶"拉大锯"。

十六

高考录取后，我决定回耿圩看看。我对母亲说那是我最大的心愿，同时拒绝了父亲和我一起回去的提议。

我现在理解了为什么我奶奶在刚见我不久就和邻居小孩拉大锯：她想和我拉，但我已经比她高出了一个头。

我爷爷去世时，我第二次回到耿圩。丧事办得很简单，我奶奶也比较平静。我陪她住了几天，反复考虑后，我要她和我一起回城。

"那感情好哩！"我奶奶眼睛一亮，"可俺习惯不了，这回就不去了。等你结了婚，到时把你的小孩带回来，我带他'拉大锯'"。

我一宿没合眼，因为那一夜奶奶睡得不踏实。

她在梦中还在"拉大锯"，却拉乱了套，连自己都笑得呵呵的。

紫金文库

谁扮红娘

一

张渝生怎么都没想到，几年分居生活结束，自己竟成了妻子的领导。那天在乡下演出完了，他没卸妆就和大家一起把道具朝车上搬，这时场边来了一辆吉普车。文化局领导跳下车就四面八方地喊"张渝生"，然后冲着满脸油彩的他嘿嘿直笑，"小张，给你两天时间安排一下工作，准备回家。"张渝生说我上个星期去成都开会时才回过家，领导敛容道："嘿，这次是调你去工作嗫！"

那阵子川剧二团很乱。早先的团长被查出参与迫害老艺术家，送去隔离了；上面派来的临时负责人不懂戏，加上对前任的遭遇记忆犹新，所以每天只让大家读报。女同志们首先发现读报时可以择菜，男同志们看她们择菜没事，也跟着择。领导去检查工作时，那

隔着马路呼喊你的名字

些男男女女正有说有笑地讨论着菜价,而读报人的声音嗡嗡得像蚊子叫。领导气得脸色铁青,最终决定把既年轻又懂业务的张渝生调来主管工作。当然,领导并不清楚张渝生的妻子崔笑莺就是二团带头择菜的人。

领导在场边拍着张渝生的肩膀说:"你!现在是!授命于!危难之际!"

"那,"张渝生挤着眼睛说,"我去弄啥子戏嘛?"

"你是团长,问你自己噻!"

第二天掌灯后张渝生赶到家,崔笑莺欣喜若狂,搂着丈夫谈了很多建议和设想。她说我以前都荒废了,今后要认真演好每一场戏,为你,也为我自己。然后她问准备排什么戏,张渝生半天回答不上来,崔笑莺不耐烦地说:"管你排什么戏还不都得我上?"说着就把腿朝他小肚子上搁过去。

问题就是排什么戏。样板戏过去了,老戏纷纷登台,省内其他剧团已经找出传统川剧中的著名折子到处在唱。现在已经错过了上新戏的最好时机,但张渝生怎么着也得打响自己的第一炮。调回来之前,他所在的地区川剧团正演着《拷红》,那里面没他的戏,可是他在指导排演时读了王实甫的《西厢记》原本,有情节、有人物,实在令人拍案叫绝。

"啥子?你想上《西厢记》?"他又看《西厢记》时被崔笑莺撞上了,她立刻叫道,"那我演哪一个?"张渝生叫她别那么大嗓门,他还没想好。"就是《西厢记》嘛!"她还叫,"我演红娘!"

"你,红娘?"

"咋个不行呢?"

张渝生没说行不行,只是又考虑了两天。从家属变成了团长,比素不相识的团长或本团提拔上来的团长都要困难些。素不相识的团长可以先发号施令把大家镇住，日后再处理人际关系；而本团提拔上来的有群众基础，老面子谁也磨不开。家属则不一样，张渝生以前每次回来逢人就赔笑脸，现在立刻把脸拉下就有点说不过去。他最终还是以家属的姿态宣布排《西厢记》的，他说："我的意思是角色就先莫忙着定，哪个想演哪个，自己先准备一下，试装的时候大家评，公平竞争，大家看好不好嘛？"

大院里立刻响起一片"咿——咿，呀——呀"声。荒废了这么些年，谁不想抓住这个机会呢？唱戏的就在于上不上台——上了你就能红，并不是你真的比别人行。

张渝生躲在办公室里一招一式地琢磨张君瑞的角色。他得和大家一样接受评议，而且这是他在团里的第一次亮相，所以排练中的露面比正式上场还重要。崔笑莺则在家里练红娘，到晚上就逼着张渝生说像不像。张渝生看着她娇羞万状的样子说："红娘是丫鬟，劳动人民的孩子，没什么涵养！"崔笑莺把绢头一摔说："就晓得说不像、不像，你得帮我改进嚛！我不演红娘哪个演嘛？"

一句话把张渝生问住了。他的直觉是崔笑莺不适合演红娘，但全团人员年龄都偏大，与红娘年龄接近的只有一人——谢小菲，而谢小菲恰恰是崔笑莺的对头。以前排《智取威虎山》，崔笑莺先接下小常宝这个角色，最后彩排时一位领导同志说："这个'小常宝'好像娇气了些，我给你们找个人来演。"谢小菲就来了。后来大家知道了她是那位领导的侄女，只有中学文艺宣传队的功底。不过谢小菲敢演，她的"小常宝"一摘下皮帽就把辫子咬在嘴里，胸脯剧烈起伏，泪水在眼眶里打转。老同志们纷纷颔首赞许时，崔笑莺却一甩手走了。谢小菲绝不是省油的灯，所以后来即使是在所有样板戏同时上演的时候,崔笑莺也只得到过《红灯记》里李奶奶家邻居的角色——关键时刻从炕洞里钻过来的那个。张渝生追了她好几年,就是在那时候她含泪同意的。

"我在问你话!"崔笑莺又说。

"我看你演崔莺莺倒更合适些……"

"那哪个演红娘?"

张渝生不回答。

"你想让她演?"

张渝生赶紧说我们要演的不是《拷红》而是全本《西厢记》,在全本《西厢记》中红娘只是个配角。"人家咋个都说红娘是灵魂呢?"崔笑莺摊开手说,"而且以后还可以演折子戏。"张渝生只好把王实甫的《西厢记》塞给她:"哪个戏多,你自己看嘛!"

崔笑莺一看倒看出问题来了。她拍着桌子说红娘和张生互相都有意思,我绝不能让你和她眉来眼去!尤其是她!

张渝生目瞪口呆,半晌说不出话。

二

果然,谢小菲也要演红娘。试妆的那天都是她和崔笑莺的风头。她们换上红娘的行头在台上走来走去,眼睛里充满不屑。试妆结束,大家才发现居然没有人要演崔莺莺。同志们都看出了问题所在:谢小菲的功底不可能演崔莺莺,而崔笑莺如今咸鱼翻身,非跟她争这个红娘不可。大家对其他角色畅所欲言,就是不提红娘的事。张渝生让崔笑莺和谢小菲回避一下,大家都听到了她们紧闭的嘴唇下发出的"哼""哼"声。

"团长,笑莺该演崔莺莺噻,气质也更像些!"周人奎终于说。他是唱生角的,算起来也是个前辈,张渝生原先担心他要演张生,可他只提出演老和尚法本。张渝生立刻觉得他是个值得信赖的同志。

大家异口同声地说:"哦,那才对头嘛!"

张渝生回家对崔笑莺说:"并不是我反对你演红娘,但你演崔莺莺是集体评议的结果。"崔笑莺说:"你是团长,该由你说了算。"张渝生说她真的很不懂事,她就哭着朝他喊:"你晓得我这些年是咋个熬过来的?我不懂事?你刚当上团长就这种话!你、你不如不回来!不要回来!!"

那正是同志们三三两两往家走的时候,张渝生估计大家都听到了她的叫声。血一下子涌上他的太阳穴,他也叫:"我不想回来!我这么多年都没有真正想回来!我现在就后悔了!"

整个大院寂静得令人害怕,崔笑莺的哭叫声如炸雷响起:"我晓得你咋个想的……你走!你走!!"

第二天早上,张渝生离家的时候崔笑莺还没起来。他面色铁青地来到办公室,考虑由谁来演崔莺莺。同事们都来得很早,从他半敞着的门口经过时小心翼翼地匆匆一瞥。

"真没想到上任后第一个开刀的竟是自己的老婆。"他这样想着朝剧场后台走。谢小菲正和几个同事凑在一起咯咯地笑,见张渝生过来赶紧止住。"团长。"她叫一声,然后就什么都不说,只是看着他,目光既害羞又有点灼人。这时有人咳嗽了一下,谢小菲立刻敛起笑容。是崔笑莺来了。她眼皮还肿着,但目光如剑,令人胆寒。

张渝生愣了一下,忽然大声叫道:"马上开始排练!"他听见自己的嗓音变了调。

隔着马路呼喊你的名字

最初几天排戏，张渝生煎熬在一冷一热的两种目光中：张生在花园遇到崔莺莺和红娘，红娘拼命挡住莺莺，对张生态度蛮横，但眼睛里却充满笑意；崔莺莺羞怯地躲到树后，忍不住回头再看一眼张生，目光中却尽是仇恨和鄙夷。当崔莺莺和红娘两人在一道时，崔莺莺态度冷漠，爱理不理的；红娘则动作幅度很大并充满力度，完全没有丫鬟的模样。

几天下来，张渝生憋不住了。他终于在吃晚饭时说："我说，大家一起排戏，你要注意对同事的态度。"崔笑莺握着筷子半天没动，张渝生以为她又要大喊大叫，她却幽幽地说："她对我那样……你看不到？你不要太逼我……"抬头时她已泪流满面，张渝生没敢再说下去。第二天再排戏，他发觉谢小菲的动作更过头了，他把她叫到一边说："其实，演戏就是演戏，我们不该把个人情绪带到戏中间来。"谢小菲说："团长，您这是什么意思？"张渝生解释说："可能有些工作是我没做好，大家的思想疙瘩还没解开，但小谢你知道我让你演红娘也是有压力的，再说你们以前的矛盾和我没关系。不要再闹情绪了！一个演员一生能碰上几次好戏呢？"

谢小菲显得有些惊讶，过了一会儿才说："哎呀团长，你这是咋个说的嘛？我得到了我想演的角色，高兴还来不及，哪来的情绪嚷？"

"不过小谢，"张渝生犹豫着说，"你的表演好像有些问题……"

"什么问题？团长你帮助我嘛！"谢小菲说。看着她的大眼睛忽闪忽闪地，张渝生明白了崔笑莺的担心不是空穴来风。他支吾地说："我说不好，我想……还是听听大家的。"谢小菲这才意识到情况的严重。独自在台上时她格外卖力，但几个动作下来，就有人吃吃地笑："这还是'小常宝'嘛！"一句话把大家都逗笑了。崔笑莺笑得特别响，这是她这么多天来第一次笑。她站起来，向全体同志抛了个媚眼，然后矜持地走了。满脸通红的谢小菲站在那里把手指头绞来绞去。

看来问题是：谢小菲中学文艺宣传队的功底加上前几年样板戏的训练，形成了动作幅度大、力度大的习惯，怎么看都像是充满了仇恨。张渝生干咳了几声，然后问周人奎："周老师，你说说看？"

周人奎挠头了，"我看，除非能请杨少娥来指导一下，否则，再排下去也……"

"杨少娥？！"大家面面相觑，这才想起团里还有这么一个人。

三

杨少娥不住在大院里，所以大家难得见到她。其实她离退休还早，但自从她丈夫出事后，她就没上过班，现在连工资都是别人带。她在学艺时就与演艺和生活作风同样大名鼎鼎的李盛荣过从甚密，据说还被人看见两人很晚的时候在街边吃担担面。领导怕出事，把她派到了二团，但李盛荣后来还是离了婚，跟她结婚了。前任团领导曾去找她上班，她说："我是去读报还是听人读报？报纸我屋头有！"现在大家只是在回忆剧团往日辉煌时让她在语言中存在片刻，就像说一个过世的人一样。

张渝生学艺时见过杨少娥一次，那是省内会演，他们等待上场，如坐针毡。忽然大家都朝一个方向看，他扭头，只见一个青年女子风姿绰约地绷紧了所有人的目光，他还在问那是谁，那女子蓦然回首，美得令他目眩，以至于他后来竟想不起她到底长什么样。周人奎下午带他到公园去找杨少娥，几个中年妇女围着石桌大呼小叫地打牌，周人奎指了指，快步朝那边走。张渝生一愣，追着周人奎说："最瘦的那个？好像变了嘛。"

"哪里哟，"周人奎说，"脸上贴条子的那个！"

张渝生吓了一跳：杨少娥胖得失了形，两边面颊上都是纸条，嗓门很响。张渝生疑惑地再看周人奎，周人奎却叫开了："杨老师，好安逸哦！"

"安逸啥子哦？输惨喽！"杨少娥赶紧再看牌，"啥子？咋个过了呢？我还没出嘛？"

阳光透过枝丫斑驳地洒在她身上，小竹椅在她身下痛苦地挣扎。无论如何，这绝不是红娘的形象。

她又输了，胡乱又往脸上贴了张纸条，把小竹椅一拉，给别人腾出地方。"咋个输了嘛，杨老师？"周人奎说，"这是小张，新来的团长。"

"团长？"杨少娥立刻警觉起来。

张渝生赶紧说："杨老师，团里在排《西厢记》，红娘有点问题……"

"《西厢记》？"杨少娥眼睛一亮，"让我演红娘？"

张渝生尴尬了一下，"杨老师，红娘有人演了，就是想请你指导一下。"

杨少娥一惊："哪个演的？"

"谢小菲。"周人奎说，"年轻的，你不一定记得了。"

她的眼睛渐渐地暗淡下去。"杨老师，"张渝生凑上去说，"我们想麻烦你……"

杨少娥避开他的目光，"我废人一个，还有什么用？嗳，哪个输了？又该我了嘛！"她又恢复了公园里打牌的中年妇女模样。

张渝生还想凑上去再和她说，周人奎却拉住了他。杨少娥回到牌桌上，但不那么大呼小叫的了，抓牌的手还跷出了兰花指。在他们离开时她只和周人奎点了点头。走出很远周人奎说："有一阵子她到处找领导要给她丈夫平反，但他们都说他是自杀，咋个平反呢？大概他们对她说了些啥子，她后来见了当领导的就这个样子。也许，今天你不来还好些……"

张渝生犹豫着说："你没看到她听到《西厢记》后眼睛亮了一下？"

"啥子？"

"她对红娘这个角色是有感情的！"

"有感情？"周人奎朝他瞪了好一会，"哦，当然有感情，一辈子就演好了一个角色……嗳，那有啥子嘛？"

张渝生支吾了半天也没说出所以然来。

吃晚饭的时候，崔笑莺平静地说："你现在不用考虑我们是夫妻的事实，可是第一，她已经被实践证明不行了；第二，就算她演红娘当初是集体评议的，可今天是又一次集体评议。现在我要求演红娘，实践检验和集体评议我都接受，如果不行我就一辈子在剧团跑龙套、打杂，我愿意！"

她的这种口气令张渝生不知所措。"那，哪个演崔莺莺？"他半天才说。

"那哪个演红娘？"她反问，"你去请过杨少娥了，又怎么样？"张渝生无法回答，只好埋头扒饭。崔笑莺却放下筷子，"拖是拖不过去的，你不改正错误我就不演了！"

他瞠目结舌。

"你没注意我这些天没太吃东西？"她又说，"跟她在一道排戏

隔着马路呼喊你的名字

我反胃!"他忽然发现她竟是如此陌生,就像从来没见过一样。

他朝外走时,崔笑莺又说话了,"两天时间,够不够?从明天开始,我就不演了。等你答复!"她的目光无比坚定,眨都不眨。

张渝生自己也不知怎么的就转到了文化局领导的楼下。天已黑透,家家户户飘出刷锅洗碗声。领导家的窗子比别人家的亮,隐约还能听到领导在高谈阔论。张渝生在楼下踱来踱去:怎么汇报眼下的问题?不管怎么讲这都有点刚调回来就撂挑子的嫌疑,而且,今后自己怎么办?

"……内怨女外旷夫窥视已久,怎怪他咏淑女君子好逑……"忽然传来几句唱,张渝生一惊,正想再听,一阵突如其来的水声盖过了后面的唱词。

这是红娘的唱段!字正腔圆还透着股俏皮劲!水声很近,红娘的唱腔在水声中飘忽不定,但肯定就出自身边的这个楼道。张渝生摸进楼道,没走几步他就撞上了,一伸手,摸到张旧藤椅,手上立刻沾上厚厚的灰。

这时一声"夫人哪"盖过了一切,水声也戛然而止,"红娘"又接着唱了起来:

张相公本是个文章魁首,
我小姐也算得仕女领头。
他二人寄书柬唱和时有,
小红娘奉差遣代把书投。
那夜晚约莫在三更时候,
我小姐悄悄地携着红娘同下绣楼……

就是这家！张渝生觑准了门扇下微弱的光亮，正要走上去敲门，脚下却被绊了一下，一样东西被踢到门上。他蹲下，摸到一个破搪瓷脸盆，扑面而来的垃圾味令人作呕。

门框上的灯猛地一亮，张渝生还没反应过来，门就被拉开了一半。杨少娥惊愕地俯视着他。她袖子挽得高高的，手里还抓着抹布。

张渝生也目瞪口呆，过了一会儿才发觉自己是蹲在一堆垃圾上。"杨老师，"他终于站直了，"是……你在唱？"

她不回答，继续瞪着他，再看地上的垃圾。

"我、我来扫，杨老师，你家笤帚在哪儿？"

"我自己扫，你走嘛。"她半天才说，好像连嘴巴都没动。

张渝生想摆出一个笑容但脸上的肌肉紧得拉也拉不动。"杨老师，我来找你的！"见她愣着不说话，他又说，"你先忙你的，我等着。"

门，在他几乎完全绝望的时候开大了一点。张渝生朝里走的时候，两人都在回避对方的目光。

她没请他坐。他脸红了一会儿，硬着头皮说："杨老师，我听到你唱的，我从来没听过这么好的红娘！"杨少娥说："唱得好有什么用？红娘不仅靠唱，尤其是全本的《西厢记》，更不是唱几句的问题。这个角色很复杂，年轻演员把握不好，上了年纪的演不了。"张渝生抢过来说："所以我要来请你嘛，用你的经验去指导年轻的。"杨少娥说："我还能指导哪个？我现在是啥样子你不是看不到。"张渝生说："杨老师你哪怕不教，就是坐在旁边我们心里也踏实些。"他们就站在门后把这几句话说了无数遍，杨少娥连手上的抹布都没时间去放。"你演哪一个？"后来她问。

"我演张生。"

"你这个劲头倒真适合演张生！"

张渝生一愣，觍着脸说："杨老师，你夸我了！其实你才是最适合演红娘的人！"

杨少娥猛地抬头，怔怔地张着嘴。

杨少娥的女儿在这时回来，进门就跺脚，"哪个又把垃圾踢翻……"话没说完她就看到了张渝生，上上下下地打量他。杨少娥尴尬地介绍，女儿一句话都没说就进了房间。张渝生只好抓着门把说："杨老师，戏要是排不出来，二团怕是不得行了。"他一脚高一脚低地摸出了漆黑的楼道，杨少娥的眼神一直在他眼前晃，但他实在琢磨不出那到底意味着什么。

崔笑莺已经上了床，神情严肃地斜靠在被窝里，"你咋个想的？我在等你的答复。"

张渝生气不打一处来，说："我请求回下面去！"

"啥子？"崔笑莺一下子坐直了。

他不理她，往床上一倒，长长地叹了一口。内外交困，真的没辙了。

四

大概是张渝生头天的话起了作用，第二天崔笑莺没敢撂挑子，只是板着脸，对所有人横眉冷对，戏于是在不知不觉中排成了这样：

张生向方丈借房，正遇红娘奉老夫人之命来问何时与老相公做好事。张生的眼睛就直钩了,一个劲朝上凑。红娘白了他一眼(今天她不再风情万种),张生赶紧与老和尚作揖道别,一步三回头地走到假山后。红娘出来,张生上前施礼,口口声声"红娘姐姐"。红娘避之不及,厌恶地舞动胳膊。

"不对、不对!"突然有人大叫。大家扭头,顿时目瞪口呆。杨少娥径直从后面走到台边,气喘吁吁地冲谢小菲大声说:"红娘不是那样的!她是下人,是有些势利,但对张生不会那样!"

谢小菲莫名其妙地看看其他人,张渝生半天才笑出声来"嘿嘿、嘿嘿,杨老师……"只有崔笑莺反应最快,大呼小叫地跑过来:"哎呀杨老师,你来了嗦?坐嘛、坐嘛,你再不来就不得行了。这下好了,你指导嘛。嗳,给杨老师泡茶噻!"她一下子和杨少娥这么热乎,令所有人不知所措。杨少娥直说在家喝过了,但崔笑莺坚持给她泡上。"等会儿再喝嘛,杨老师。"说着她就占据了最靠杨少娥的位置。大家都围上去问长问短,只有谢小菲站在外围,想搭话都插不上嘴。

接下来他们把张生和红娘在假山旁边相遇的戏练了好几遍,每次没念几句杨少娥就叫不对,不是手势就是眼神,语调也纠正了好几次。谢小菲的脸渐渐拉长了,可崔笑莺却越发来劲,捧着茶杯紧跟杨少娥:"是的、是的,杨老师,你喝了茶再说。"谢小菲忽然挤出僵硬的笑说:"杨老师,你说的我理解不了,你给我示范一下嘛!"

全场顿时一片寂静,大家都看着杨少娥。她的脸一阵红一阵白,看着张渝生欲言又止,崔笑莺抢着说:"杨老师,你就随便露两下,我们都学一些!"

杨少娥木木地朝台上走,嘴巴里似乎在嘟囔着什么。然后她站

隔着马路呼喊你的名字

在那里，紧张地瞪着张渝生。

张渝生猛然意识到轮到自己了，于是踱步、抖袖、搓手，他还在想下面动作与台词，杨少娥就向他飘来。张渝生赶紧上前施礼：

敢问来人可是相国府崔莺莺小姐面前的红娘姐姐？

红娘还礼道：正是。不知先生有何见教（透过跷在脸侧的兰花指瞄了他一眼）？

张生：小生姓张，名珙，字君瑞，本贯西洛人也，年方二十三岁，正月十七子时生，未曾婚娶……

红娘绷住笑道：哪个问你来的（眼睛朝上一翻，做了个大大的白眼）？

张生稍一尴尬，觍着脸又问：敢问红娘姐姐，小姐常出来否？

红娘嗔道：先生是读书人，岂不闻"男女授受不亲"？老夫人治家甚严，我告诉老夫人，着人将你打了出去（兰花指向张生伸出去，半途中赶紧收回）！

张生大惊道：红娘姐姐、红娘姐姐，小生对崔小姐心存仰慕，见姐姐好生面善，故斗胆探问，绝无恶意。姐姐何故动怒，且欲报于老夫人？哎呀呀怎生是好、怎生是好呀？

红娘偷偷回头一看，掩嘴笑了（做出兰花指的手背贴在脸上）。

张生立刻上前作揖：红娘姐姐垂怜则个，小生一时性急，失了礼数……

红娘躲闪，张生口称"姐姐"，绕着红娘作揖。红娘两手从这边换到那边,眼睛里尽是俏皮和得意,将身体扭来扭去。

忽然一阵笑声响起,只见谢小菲浑身颤抖地背过身去。杨少娥愣在那里,其他人迅速避开目光。

崔笑莺叫道:"张渝生,你当团长的还管不管事嘛?还笑,太不像话了!"

谢小菲立刻转过身来。"啥子?我笑我的,你操啥子闲心嘛?"

"现在是排戏!"崔笑莺毫不相让,"你不跟着学,还有心思笑?!杨老师是做啥子请来的,你晓不晓得?"

谢小菲冷笑一下。"我咋个不晓得?我还晓得你的心思!这屋头的人都晓得!"

崔笑莺也冷笑一下。"反正杨老师到这儿来不是教我演崔莺莺的!"

谢小菲再冷笑:"哦,她来是教我的!我看到的,这儿的人都看到的,恐怕她的动作我学不到!"

"莫说了!"张渝生大声喝道,"小谢!你这是弄啥子嘛?"

"团长,"谢小菲带着哭腔说,"我想演好这个角色,大家提意见,帮我改进,我都接受。这些日子有人对我横挑鼻子竖挑眼的,我一直忍着,你是看到的!刚才我是笑了一下,你还没说话,你婆娘倒跳出来指手画脚,哪个是团长呢?我看这个团是容不下我了!好嘛,名角也请来了,为一个小小的红娘,我犯不着遭这个罪!我不演了!要不要我和你一道到上头去说清楚?"

"小谢,可能她说话在方式方法上存在问题,可是你笑无论如何是不对的!你看杨老师教的好累哦。"

隔着马路呼喊你的名字

"是的，我看着也累！我的红娘演不到那个样！我没有那个身段！"

张渝生一惊，赶紧回头，杨少娥已经无影无踪；再扭头，谢小菲正高视阔步地走进阳光，披肩长发如瀑布般地抖动。

剧场里一片寂静。许久，张渝生听到了像蚊子叫一样的哼哼。大家都回头看，只见崔笑莺捧杯端坐。见大家在看，她不经意地把目光投向远方。这回大家都听清了，她哼的是《军港之夜》。

门敲了半天才开了一条缝，杨少娥的脸迅速闪到门后，张渝生感觉到了她关门的力量。"杨老师，太对不起你了！"他说，像是在叫。这时楼道里响起了脚步声，杨少娥下意识地闪开一条路，转瞬之间张渝生就在背后把门推上了。

她红着脸垂下眼睛，而他一时也不知说什么。脚步从门外经过，他们都听到了对方的呼吸。

"我的确不该去的……"她终于幽幽地说。

"杨老师，都怪我，谢小菲她太……"

"见笑了，小张。"

"杨老师，你莫要那么说！还是你演得好哦！我刚才都觉得自己就是张生了，这是从来没有过的！虽然……"

"我做错了的！"

张渝生半天才说："啥子？"

"张生围着红娘作揖，红娘想躲。她的手护着脸，同时，手臂还要遮在胸口，可是……应该是这样的，我这样了。"

张渝生一个劲地眨眼，"可是，杨老师，这个……有啥子嘛？"

"红娘是那个年龄的少女，又是大户大家的丫鬟，她咋个像个老太婆一样对着张生？"

张渝生笑了，"杨老师，哪个看那个嘛？"

"可是红娘的态度就没找对。"

"态度？"

"红娘对张生的态度。红娘对张生的好感是渐渐发展起来的，这是他们的第二次见面，她不能一下就那样。"

张渝生差点叫出来。上次崔笑莺说红娘和张生有意思他还不以为然，以为那只是王实甫在剧本中添加的笑料，没想到杨少娥在表演中考虑到了红娘每一步的情感变化！他更惊讶地发现杨少娥在自己注视下面颊绯红！

"……亲密了不好，生硬了也不好，"她看着别处说，"我学戏的时候老是不到位，可今天……又过头了。难怪那个娃儿……"

"她算什么嘛？我不叫她再演了！"张渝生脱口而出。

"啥子？"杨少娥猛地抬头，"她、不演了？"

"哦！"

杨少娥瞪大了眼，半天说不出话。

"杨老师？"

"啥子？我不得行！"杨少娥的手遮在脸的一侧，肘部掩住胸口。他一怔，这不正是年轻俏丽的红娘的动作吗？他猛地凑上去低声说："你，就是红娘！"

杨少娥像被电击了一下似的猛地转身，面色惨白，神情恍惚。

"杨老师，你听我说……"

杨少娥一直瞪着的眼睛这时挤了挤。最令张渝生惊讶的是她什么都没说就为他开了门。张渝生莫名其妙地走进幽暗的楼道，再想回去但门已关上。他站在那里愣了好一会儿，对刚才两人都有点莫名其妙的行为大惑不解，走出楼道时他头脑里依然混沌一片。"可是，"张渝生忽然想到，"她与红娘的确相去甚远呀！"他回身，只见杨少娥的身影迅速从窗口消失。

五

全团的人连续两天无所事事，大家一声不吭地坐在靠近舞台的地方，只有当张渝生的脚步声远去时，崔笑莺才笑容可掬地招呼大家喝茶。周人奎等老同志甚至注意到她的动作带上了杨少娥的味道。看来事情在朝她设定的方向发展，大家更不说话，加紧喝茶，然后依次朝厕所跑。

张渝生坐不住，里里外外不停地走，直到周人奎忧心忡忡地拦住他，"小张，你转来转去，头都给你转晕了！咋个办你得说噻！"

"我说？"张渝生一愣，"说啥子？我咋个说？"他的手一直甩到了空中。大家都在朝这边看。周人奎压低声音："谢小菲那边……"

"啥子？！"

"你轻点！她叔叔……"周人奎赶紧回头打量。

门只敲了一下就开了。谢小菲劈头就说："张团长，我晓得你是一定要来的！有一点我始终搞不懂：你一表人才，咋个会讨那样一个婆娘？你坐嘛，来点咖啡？"她穿过沙发、茶几朝厨房走去。这房子比他住的大很多。"平心而论，你张团长对我是够意思的！我在我叔叔面前还说了你好话的，嗳，你可以去问嘛！"她把一杯黑乎乎的东西放在他面前，自己也挨着他坐下。"张团长，我叔叔批评我了的，说我的做法不利于团结。其实我的脾气你是晓得的噻？你大人不记小人过，来，你喝！"

杯子被送到他嘴边，香水掺杂着烧焦的味道使张渝生连眼睛都不敢抬。咖啡简直比中药还难喝。"这是我叔叔托人从香港带来的，叫啥子'雀巢'咖啡！"谢小菲凑得很近，"咋个样？再搁点糖？"她的手放在了他胳膊上。张渝生一抬眼，她的睫毛就在眼前忽闪，而且还弯弯地朝上翘。"小谢，"他赶紧看着杯子，"你该理解团里的难处……"

"我咋个不理解哟！团里能演红娘的就我一个，是不是嘛？"

张渝生只好点头。

"红娘我是要演的，而且，和你搭戏的感觉就是好，你感觉到没？"

张渝生一愣，难道她也感觉出红娘与张生的那种意思？

"哎呀！这样的戏就是演着玩的，又不是啥子宣传任务！"她又说，"大家都平常心一些，玩玩就算了。哪有像你婆娘那样的？她不是没有角色，说起来她的角色比我的还大！你当团长，她的尾巴倒翘到天上去了，真是！团长，她太厉害喽！要是再有矛盾你说咋个办？"

"咋个办？"

"就……让其他人演崔莺莺。"

"啥子？"

她的睫毛不再忽闪，目光却灼灼逼人，"团长，你要是答应，我就去演。"

张渝生目瞪口呆，都不知自己嘟哝了点啥。

"你坐下来喝嘛！"

他这才发觉自己已经站了起来,"我……喝不惯、喝不惯。"

"嗳,张团长,你就在这儿吃饭嘛!要不要把我叔叔叫来?"

"不吃了、不吃了。"

"嗳,你还没说咋个说嘛!"

张渝生赶紧拉开门,"再考虑、再考虑……"

"我等你回话噢!"她在楼梯上叫。他连头都不回。她别说没有杨少娥的感觉,连崔笑莺的感觉也没有呀!

张渝生走到自家门口才意识到谢小菲的叔叔的问题。他站在那里愣了好一会儿。

崔笑莺在厨房忙,张渝生虎着脸朝里走。"我把辣子给你搁面条里头还是你自己搁?"她说。

"我现在不吃。"他头都没回。

"饭你还得吃噻!"

他回身,只见崔笑莺正含笑看着自己,而且是一种异样的笑。几天来他第一次注意到这是杨少娥式的笑。他咽了口唾沫,说:"是你把事情搞到这一步的!"

"你这个人一点原则性都没有,我那是和坏人坏事做斗争!"她没恼,依然噙着笑容,"那你就自己搁辣子?"她转身向锅台那边飘去。连杨少娥的步态也用上了?张渝生目瞪口呆。

"你的。"崔笑莺放下碗说,"我和不良现象做斗争,咋个就不对了呢?看你这几天慌成那个样子,天垮不下来!"

"天是垮不下来,可是戏要垮!"

"戏照演不误!他叔叔现在只是个挂名的副职,你怕啥子?有人演红娘!"她语气坚定,眼睛却努力朝上翻。

他一下子没了胃口,"你根本不合适演红娘!"

"你看着吧,到时候你就晓得我合不合适了!嗳,你少搁点辣子!"

张渝生这才发现面条已经完全被辣油覆盖,他气恼地又加了两勺。

下午一上班,周人奎就凑上来问:"行了?"

"莫说她了!她的条件我办不到,而且我们演的不是《智取威虎山》!"

周人奎挤了挤眼睛,小心翼翼地说:"那你想让谁扮红娘呢?笑莺?"

"那谁演崔莺莺?"张渝生大叫,"你?还是我?"

周人奎瞠目结舌。

老远就听到了妇女们打牌时的叫声。张渝生在贴满纸条的女人脸中间站住,转了几圈也没发现她。身边的这桌又战完一局,其中一个大大咧咧地蘸着口水朝脸上贴纸条,张渝生认出她上次是和杨少娥一道的。"请问杨老师在哪里?"

"杨少娥啊?她几天没来了。嗳,头回是你找她的噻!"她们一起打量他,互相交换意味深长的目光,还朝他飞眼。张渝生脸上发烫,转身就走,身后却响起了中年妇女吃吃的笑。"中年女人,"张渝生摇头,"实在无聊得很,什么都朝爱情上牵!"

"爱情?"他在公园门口忽然站住,"我怎么会想到爱情?"然后他意识到杨少娥臃肿而激动的样子其实这几天一直在他脑海里转。

门一开他们都愣住了。杨少娥瘦了一圈。她穿得很少,前胸和

隔着马路呼喊你的名字

腋窝附近已经湿透,腰上还扎着练功带。"杨老师,你……这是?"她想关门,但他一使劲挤了进去。杨少娥慌忙转身,衣服全黏在背上。张渝生立刻被包围在由护肤品和汗混合而成的气息里。"杨老师,我在等你……"他没说完就停住,环视堆在墙边的桌椅板凳,又看见屋子当间的地上还留着汗滴,"你在练……?"

"我在屋头随便耍的!"她不回身,圆圆的肩膀在张渝生眼前起伏。这时他看到了搁在窗台上的书。王实甫的《西厢记》和剧团演出脚本《西厢记》。

"红娘!你在练红娘!"他大叫。

"我真的不想再演了!"

"你是想演的!那么些年你咋个不在屋头耍呢?"

"……你不晓得!……你不理解!"

"我理解!我晓得!"

她猛地转过身来。"你理解啥子?"

他发现她眼睛里噙着泪,"杨老师?"

她不说话,侧过身体,肩膀开始抽搐。张渝生探过头去。她乳房的形状清晰无比。"我理解!我的感受和你一样的!"话自己从他嘴里冒出来,而且很响。

"咋个会一样的呢?不会!不会!!"她几乎是叫。

"是的杨老师!听了你那天的话我才明白你怎么会把红娘演得那么好的,难怪这两天我头脑里尽是你!"

她转身瞪着他。

"你……你演红娘的样子……"他怔怔地说。

她呼吸紧促,胸脯起伏,一下子遮住脸,"张生,不要……"

她管他叫"张生"!张渝生愣了一下,一把拉住她的胳膊:"你是想演的！而且你就在角色中！不要再否认了，杨老师，我只想和你排戏！"

"你……真的觉得我还能……？"

"你行！你……"忽然，他们不约而同地避开了对方的目光。张渝生赶紧把手拿开。手上湿漉漉的，不知是谁的汗。这时他发现她想说什么，却始终憋在喉咙里说不出来。终于，她用力点了点头。

六

见到杨少娥，大家都吃了一惊。她头发盘在脑后，穿着宽松的对襟上装，虽然丰满却也亭亭玉立。她站在那里不知该朝哪儿看。又是崔笑莺第一个叫了出来："杨老师，这下好了！你教我演红娘嘛！"张渝生厉声喝道："崔笑莺，哪个是团长？杨老师是我请来演红娘的！"

大家一愣，然后一声不响地朝自己的位置上去。崔笑莺忽然咯咯地笑了："好嘛、好嘛，这下我们就齐心协力把戏演好！其实杨老师，你亲自演好累哦！"杨少娥边点头边朝台上走。崔笑莺跟在她身后又说："排戏的时候我会看着的，趁年轻多学点，没坏处噻！你说对不对嘛杨老师？"

"锣鼓！"张渝生大叫。刹那间鼓乐齐鸣，杨少娥似乎一惊，怔怔地看着摆好造型的张渝生，忽然侧过身去，慌张地拢了拢头发，跷着兰花指的手就此留在腮边。好一个大户人家丫鬟的姿态！张渝生心头一热，唱词从胸中喷薄而出：

"游艺中原，脚跟无线。才高难入俗人机，时乖不遂男儿愿。

望眼连天……"嗓音洪亮得令他自己振奋。

到底是杨少娥！除了体形之外，她的一招一式恰到好处，连一些小动作，像跨门槛、走楼梯、耍手绢什么的，居然都引得同事们喝彩。和张渝生配戏的时候，她的眼神总是在躲避中流盼，在斥责里传情。张渝生刚一察觉，那目光就跳到了另一边，如同蝴蝶在花丛中忽闪，他真想用网子扑住看个仔细。

刚开始崔笑莺还偷空跟着杨少娥比画了几下，但杨少娥动作很快而且连续出彩，崔笑莺渐渐跟不上了，而杨少娥根本没有传授的意思，不上场的时候她在台边踱来踱去，看上去急切甚至焦躁。

从来没有过戏在一天之间进展得这么顺，直到下班时张渝生才觉得累了。崔笑莺正在保温桶旁倒水，张渝生等着她递杯子过来，她却径自走开，还用眼角白了他一下。他这才感觉今天崔笑莺简直就是个跑龙套的。这时周人奎叫道："杨老师，歇一下再走嘛，你路远！"只见杨少娥依然是舞台的身段飘然而去。张渝生忽然生出一种牵肠挂肚的感觉，既熟悉又很陌生，在胸腔里奔突。再看崔笑莺，她端着杯子，一手叉腰，嘴唇咬得紧紧的。"其实她离崔莺莺也还有一大段距离！"他想。

张渝生独自又坐了一会儿，猜测崔笑莺又将怎么折腾、自己该如何回应。但他没法思考，杨少娥的眼神漫天飞舞，空荡荡的剧场里全是。起身回家时他打定主意：捍卫这种发自内心的躁动不安。

崔笑莺从厨房灶台边斜视着他，一言不发。"怎么啦？"他绷住脸问。她说："怎么啦？你没觉得有问题？""什么问题？"他的脸有点发热。

"我说，老妈子怎么演红娘？比她年轻、身材好的还是有的嘛！"

他松了一口气,随即高声说:"你的戏怎么就那么难配?你是演大小姐而不是真的大小姐!位子要摆正!""啥子大小姐哦?带着那样的丫鬟最多就是地主的女儿!"她说着把菜狠狠地摔进锅里。他冷笑一声:"谢小菲像相国府的丫鬟,对不对?可你容不下她!崔笑莺我跟你说,我的办法已经想尽了!再不行只有你让位!我找其他人来演!第一次担任主要角色你就搅成这样,以后我工作怎么开展?"

"还是的嘛!我是主要角色!"崔笑莺用锅铲敲着锅底,"可是一天下来她的戏硬是比我的多!"

"多不多是演出来的!剧本上还是你的比她的多嘛!"

崔笑莺瘪了,几次想说什么,终于被他叉腰的样子镇住。

那晚的菜咸得像盐一样。

崔笑莺开始争夺戏份了。她不停地飞眼、扭动腰肢,还把声音拖得长长的。在《闹道场》一出中她疯疯癫癫,完全没有相国府小姐的样;而《听琴》时和张生一见面就挤眉弄眼,整个就是兜揽生意的风尘女子,看得台下的同事们都捂着嘴笑。和崔笑莺的张狂相对照,杨少娥则沉默了许多。不上场的时候她不踱步了,而是捧着胳膊肘出神,而且,张渝生发现她在表演的时候居然显得有些小心翼翼,和最初的情形大不一样。

张渝生憋了几天,终于和崔笑莺说表演分寸的事。她愣了一会儿才回过神来:"我向杨老师讨教过的!她说要把握人物的感觉!你想嘛,崔莺莺正在那个年龄,又没和男性有过接触,张生的年轻风流还不一下子就让她昏了头?这是初恋的感觉!"张渝生说可是她是相国府的小姐呀!"相国府的小姐咋样?你看杂志上说的外国皇室都那样,都是人嘛!"然后她搭住他肩膀,"你说,跟这样情

隔着马路呼喊你的名字

窦初开的女娃子配戏你有啥感觉？哎呀你说嘛！"说着骑到他腿上，眼睛已经飘飘的。"好累哦，"他使劲挣开，"我好累！"然后他琢磨什么时候得找杨少娥谈谈。

谁知第二天排《探病》，杨少娥又让大家开了眼：

张生病卧在床，老夫人叫红娘去探望。红娘出来，又被小姐唤住，叫她送药方与张生。红娘绕着药方走，浑身哆嗦，半天不接。（几次伸手又缩回。）

崔莺莺：接了去呀。

红娘：奴婢不敢。（她的声音也在颤抖。）

崔莺莺：快接了去呀！

红娘：奴婢委实不敢！（她向后一跳。）

崔莺莺：这红娘却又作怪！药方一笺，不敢是何故？快接了去，我在绣房等你回话。

红娘：小姐、小姐，（"扑通"跪倒）若非张秀才相救，我们一家性命早已休矣！谁承想老夫人悔婚，他已经神情恍惚，昨夜在花园又被小姐嘲弄，更是命悬一线。小姐若是再将书信撩拨，可怜的张相公必死无疑。咱家纵是相国府第，怎生好端端地要他性命？奴婢万万不能呀！（她以额叩地，号啕大哭。）

同事们劈劈啪啪地鼓起掌来。崔笑莺显然愣住了，过了一会儿才拉起杨少娥，"杨老师……？"

杨少娥一言不发，接过药方抹着泪退场。张渝生赶紧迎上去，"太好了杨老师！你坐下休息一会儿！"

杨少娥却将他一推,他一愣,她指了指舞台,还泪水涟涟地瞥了他一眼。张渝生心头一紧:那样的眼神他这辈子从没遇到过。他浑浑噩噩地走到病榻前,忍不住又回头看,过门立刻响起。

红娘(场外念白):异乡易得离愁病,妙药难医断肠人。(出场,唱)只为你彩笔题诗,回文织锦;送得人卧枕着床,忘餐废寝。好时节依韵联诗,侧耳听琴;忽变作"非礼勿动,授受不亲"。娘悔约你却将相公拴定,分明是合伙要了卿卿性命。(念白)张相公,你好傻也!

张生:门外依稀有人唤我,莫不是无常鬼提小生来也?

红娘:哪有无常要提你这样的傻……?(她推门而入,顿时目瞪口呆。)

张生滚下床来:害杀小生也!我若死呵,小娘子,阎王殿前少不得你的干系!

红娘:相公、相公如何病得这般了?(朝后躲闪。)

张生捶胸高叫:小生救了人,反被害了!自古云"痴心女子负心汉",今日却反其道,小娘子还帮衬着欺瞒于我,是何居心?(向前扑倒。)

红娘:相公!相公!(扶起张生,泣不成声。)

杨少娥的泪水滴在张渝生的额头上,他微微睁眼,杨少娥泪流满面,急切而深情注视着他。张渝生赶紧闭眼,生怕这种感觉消失得太快。

隔着马路呼喊你的名字

张生：小娘子可是来看小生死不曾死？

红娘：相公错怪红娘也！奴婢奉老夫人之命来看相公要什么汤药……

张生：不看也罢。

红娘：小姐亦有一药方送于相公。

张生：药方何在？（挣扎而起。）

红娘止泣，瞪视张生良久，从袖笼掏出药方冷冷地递过去。张生作阅读状，忽然大笑。

红娘：相公你……？

张生：不知红娘姐姐前来，有失远迎。请坐，快请上坐！

红娘：老夫人、小姐等红娘回话，奴婢不敢久留。

张生：敢问小姐可曾为小生减损风韵？

红娘：你？！……怎地死心塌地？（赌气要走。）

张生死死拉住红娘：红娘姐姐、红娘姐姐！（跪倒）只求姐姐再传书一次，张珙愿肝脑涂地，以死相报！

红娘撕扯不过，回身扶起张生：你这痴心的傻汉……（背过脸去。）

台下一片喝彩声。张渝生抬头，杨少娥又在流泪！他赶紧扶住她，她掩面而泣，任由他架着朝后台走。

大家都朝台上涌，张渝生用手势拦住他们，说："想练的自己练吧，正式排练今天就到这儿！"

周人奎示意大家回去，然后蹑手蹑脚地上台，还把食指在嘴巴上竖了一下。他俩远远地站着，面面相觑。

许久，杨少娥朝张渝生缓缓地抬起头，似有无限哀怨。在她正要说什么时猛地一惊，扭头瞪着周人奎。

"杨老师，好些了没？"周人奎走上前去。

杨少娥赶紧站起来，抹着脸低声说："见笑了……"随即匆匆而去。

"杨老师！杨老师！！"张渝生大叫，却被周人奎拉住。

"嗳？她……"

"等一下。"等杨少娥的身影消失后，周人奎才说，"小张，我看得想其他办法了！"

"想……办法？"

"她的戏恐怕有点过头了，还有……她也太累。"

"累？哦，这么多年不演肯定是累，可是……"剧场外已经空空荡荡。

周人奎若有所思："她以前演红娘也激动。"

"以前……也这样？"

"没到这一步，不过也激动。所以都说她演得真嘛！可是，这也太过了！"

张渝生没答话。他没感觉杨少娥的表演有什么不好，却一直在猜测如果周人奎不在场杨少娥会说什么。

回到家崔笑莺说："其实老演员也没什么嘛。哭成那样，还有啥子分寸哦！"

她也这么说！难道自己当初的决定真是一种说不清楚的冲动？张渝生惴惴不安直到夜阑人静。杨少娥的各种眼神渐次显现，浮在半空满屋子绕，挥之不去，而那双泪眼则越来越近，逼视得他无法呼吸。许久，哽咽的声音从空中飘落："相公，你好……！"后半

隔着马路呼喊你的名字

截话不甚清楚。他一下子坐起来,浑身汗津津的。天已蒙蒙亮了,崔笑莺在旁边均匀地呼吸着。

上班时间到了,可杨少娥没来,大家窃窃地议论着昨天的事,还不时扭头朝剧场后门看。"今天排《拷红》,杨老师该知道的噻!"有人说。崔笑莺立刻说:"啥子《拷红》哦?要是还有那么多眼泪,我看改演《哭长城》倒更合适些!"有人"扑哧"笑了。张渝生顿时觉得脸上滚烫,大叫道:"说啥子?你还是想想自己的戏咋个演!""你说我咋演?"崔笑莺有点不屑,似乎看出了张渝生的心虚。张渝生还要在说什么,周人奎赶紧把他拉到一边:"哎呀还吵啥子吵?有办法了没?"

"有啥子办法哦?这个团你比我清楚噻!"张渝生唯一的办法是提高嗓门。

"她要是不来呢?"

"她不来……?不可能!"

"就算她来!她控制不住感情,这戏还怎么演?刚才笑莺说的是对的!"

"嗳,昨天你还说她演得真……"

"是的!我是说的!"周人奎急了却不得不压低嗓门,"这么些年了,到底什么情况哪个说得清楚?她是想演,你得想她能不能顶得住呀!你当时叫她来……唉!"

"我去看看!"张渝生忽然说。

"嗳、嗳!我去、我去!"周人奎拉住他,"这儿怎么办?"

张渝生想起了杨少娥昨天没说出来的话,"我去!你让大家各自先练!"

七

　　杨少娥赶紧背过身去,但张渝生还是看到了她肿着的眼睛。他还在想怎么说,她却先开口了:"眼睛肿的……我没法……"

　　"你休息嘛、休息嘛!需要团里做啥子……"他停下,她的肩膀似乎瘦了些,"你太累了,杨老师!"

　　"累倒还好,就是心里太堵……"她不再说下去。他就在她身后一直站着等,忽然想起了周人奎的话,"那,杨老师,下面的戏……怎么办?"

　　"各人先练着,到时候合起来排一下……"

　　"杨老师,你……?"

　　"啥子?!"她猛地转身瞪着他,面色苍白,耳语般地说,"……不叫我演了?"

　　"不是、不是!杨老师,我是怕你顶不住呀!"

　　"顶不住?"

　　"我是想由你来演!一个红娘被你演到这样,真是绝了!这是我的心里话!可是杨老师,接下来的《拷红》才是重头戏!你看……我是为你……"

　　她看了他好一会儿,说:"到《拷红》已经没啥子了嘛!"

　　"没啥子!?《拷红》……没啥子?"

　　"帮他们偷情才是红娘最难过的时候!到《拷红》的时候她已经死了心,还有啥子?"

　　张渝生头脑里一片空白。

"她的感情经历是怎样的？"

"……怎样的？"

"她先对张生产生好感的！可她是丫鬟噻，怎么表白？只能是眉来眼去、打情骂俏；等小姐爱上张生，老夫人许下了婚事，她还得在自己的情人和情敌之间传递书信。那阵子她很没办法，但表演上不好表现。到老夫人悔婚，她心思又活动了；崔莺莺在花园斥责张生，本应让张生醒悟，可他倒为崔莺莺病得要死！红娘眼见自己的情感又要落空，还要安排他们幽会，你说她心里……？"她没说下去，头扭向一边，正是头天在台上的最后一个动作。

张渝生一惊，差点拽住她的手继续演下去。她猛地回头，肿胀的眼睛里流露出一丝恐慌。张渝生立刻打消了自己的冲动，深深地吸了口气，"可是杨老师，你这样理解，能不能被大家……接受……？"

"以前就是这样演的。学戏的时候李盛荣就跟我这样说，我还有点半懂不懂的……"她看着窗外，似有什么话难以启齿。

"是李老师说的？他才是真正的大师噻！"

"大师不大师我不知道，可他真正让我尝到了做红娘的滋味！到处有人请他去讲课辅导，他就到处都有了莺莺和红娘……我嫁了他以后才晓得红娘就是红娘，她永远得不到张生！"

"杨老师？那是表演嘛！"

"我以前也只是怀疑，跟他吵，到运动结束了我去找组织给他平反，他们把他的材料拿出来，吓死我了！每一个剧团里都有他的相好！外省都有！还不止一个！她们都被揪出来挂着破鞋游街！他是看到事情败露才自杀的！可我被关在农场，哪里晓得这些？还傻乎乎地去为他要求平反！！"她捂着脸，颤抖不已。

张渝生惊呆了。她抽泣着说:"谢谢你……来看我,……我好点就去……"

"别!杨老师,你就不要再……"

"我要去!"她大叫,"我必须得跨过这道坎!"她叫得声音都裂了,随即嘤嘤地哭出了声,肩膀剧烈起伏。他一把搂住她的肩,她就势倒进他怀中。他箍紧她,在消除她颤抖的同时体会到了她的柔软。他们就那样站在房间当中,直到她啜泣完全止住。终于,她的头动了一下,似乎在找更舒服的位置;他按捺不住,俯下脑袋。"莫要……张生,莫……"她的手挡在面颊两侧,而且是兰花指!忽然她挣开了,他们瞠目结舌地对视。

"我……"他的手僵在空中。她却踉跄地冲进卧室。

他懵懵懂懂回到团里。周人奎立刻迎上来:"怎么说?"

"啥?"张渝生看到大家都围了上来,"她就是红娘!你们自己练自己的!"说完他就钻到办公室去了。

八

杨少娥说得不错,《拷红》排得很顺利,全剧上演也很顺利。杨少娥上了装,胖胖的、傻傻的,又目光流盼,活灵活现一个青春、多情的丫鬟。她到关键时刻依然情绪激动,但观众们看得有味。一来是杨少娥多年后复出,二来其他团没演全本的《西厢记》,所以二团没挪窝就演了三十几场。张渝生接待其他团体的"取经"都接待烦了。

临近过年崔笑莺病了,是甲亢,医生嘱咐只能静养。眼看着其他团打出春节期间的演出预告,张渝生急得团团转。文化局领导说:"急啥子急？你《西厢记》在城里演那么久喽,也该让人家吃碗饭嘛！"张渝生说可我春节这一块就完了！领导说:"发挥你的强项噻！"张渝生愣愣地看着领导。"到下面搞巡演！是不是你的强项？"领导在他胳膊上打了一下,"折子戏！你最拿手的！"

"嘿嘿。"张渝生笑了,"嘿嘿、嘿嘿。"

那次去杨少娥家之后,他们俩还没有单独在一起过,可是杨少娥回避的目光总是令张渝生想起她喃喃地说"莫要……张生,莫……"的样子,并立刻感到血液的奔涌,所以一上车他就忐忑莫名。

红娘的再度成功使杨少娥添了几分矜持,对同事们的说笑报以微笑,但给予张渝生的始终是匆匆一瞥。同事们一直待在左右,张渝生没有机会。

带下去的是《探病》和《拷红》两折,反应也还不错,不过观众们真正想看的是幽会和团圆的事。每次演完都有当地通讯员拉住张渝生问一些相同的问题,他只好眼睁睁地看着杨少娥被各级领导簇拥着朝饭桌上去。

回成都的头天晚上,他们推说第二天赶路,早早回到招待所。"团长,我们回成都后演什么呢？"有人在上楼时问。

"你还不累呀？"张渝生说,"回去都歇着吧,过完年再说。"他遇上杨少娥的目光,这次她没有回避。

他的房间就在杨少娥隔壁,他跟着她朝走廊尽头走。她圆圆的肩膀绷紧了他的眼睛,他知道那里很柔软。她拿钥匙开门时,他站在了她身后。多么熟悉的感觉,只要伸手她就会自己靠过来。他扭头朝走廊里打量时,她却进屋关上了门。

张渝生倒在床上,杨少娥用水的声音透过墙壁,清晰得如同能看见。他坐起来再听,却听到了自己的心跳。

走廊里飘荡着打牌的嘈杂,窗户在吱吱嘎嘎地响。张渝生在杨少娥房门口深吸几口才敲了一下。

"谁呀?"

张渝生略一犹豫,又敲。

门开了一条缝,杨少娥直直地看着他。他想推,这才发现门后上着链子。

"我……"

"戏演完了,小张。"她不让他说,眼睛里是另一种眼神,似无奈、似悲哀、似解脱,又什么都不是,"戏演完了!"门随即轻轻关上,许久张渝生才发现走廊里风飕飕的。

节后的演出市场清淡得很。团里的人都闲着,杨少娥也不再露面,工资又由别人带给她。崔笑莺身体恢复了,进进出出都带着舞台上的做派。那天谢小菲由周人奎陪着上门,礼品拎了一堆。她叔叔已经下去了。崔笑莺表现得倒也有点名人大度的味道。喝了茶,谢小菲垂着眼睛说请团里再给她一次机会,她知道自己错了,今后一定要在各位老师的辅导下努力学习。周人奎说:"笑莺好了,我们也歇够了,戏还得演嘛!"

谢小菲说:"我是说的噻,我们就再演《西厢记》!"

"再演《西厢记》?"张渝生一愣。

"哦!"他们一齐说。

"那……谁扮红娘?"他又大声质问,"谁扮红娘?"

他们面面相觑,他却第一次意识到县招待所的走廊非常寒冷。

寻找奥西·马斯特

第一章：掺杂味精的日子

即使我活到三百五十岁（彭祖活了八百多岁呢），那天的情形也还是会历历在目：

云层在飞机下铺开，茫无涯际。天早黑了，但视线仍然好得出奇，星星似乎很近。一对老外胖夫妻在我旁边打呼，妻子的胸脯起伏剧烈，而丈夫则是肚子，一浪高过一浪地把我推向舷窗。我汗流浃背，浑身刺痒，痛感这世界上精神和物质严重失衡。这时飞机开始抖动，机舱里一下子亮了起来。一个黑人空姐过来叫醒胖夫妻，让他们系好安全带，还顺便朝我露齿一笑。她是我见过的最漂亮的黑人，这一点我当然也不会忘记。

飞机越抖越厉害，舷窗外猛地光亮刺眼，我吓得叫出了声，定睛再看却是一座辉煌无比的城市。

天哪，这就是我要去的地方？

这的确就是我要去的地方——澳大利亚西澳州首府珀斯。

出关口挤了很多人，前面有几个中国人被拦住开箱检查。我看见一袋味精被一个穿海关制服的人举得高高的，而味精的主人则满脸通红地大叫："味精！味精！"他为了让老外听懂，把味精发成"微惊"。但穿制服的还是在众目睽睽下撕开袋子，用手指沾了一点放在舌尖上，然后使劲眨眼，跟电影里鉴别毒品的情形一模一样。我相信所有的老外都在等着他大喝一声或者一跃而起，他却茫然地看着他的同事。味精的主人这时又叫："我说是味精嘛，你们还不相信！"好像那些人都听得懂似的。

我乘机把手推车推向一个闲着的通道，对那个海关官员说："我没有东西要申报。"他在我和申报单之间兜了好一会儿，终于挥了挥手，也不知他听懂了我的英语没有。

走到和检查处并齐时，我看见味精的主人脸还红着，正努力把味精朝电饭煲里塞。味精是"莲花"牌的，电饭煲里还有成盒的"天使"牌避孕套和几条内裤。看来他东西带得挺齐，我只纳闷他为什么不顺便带一瓶臭豆腐来，那玩意保证一次就能把海关官员随便开人东西的习惯彻底改掉。

玻璃门在我面前自动滑向两边，异乡的土地扑面而来。各色人种的出租车司机在凌晨两点四十七分一齐对我绽开笑脸。我无法回应他们，清凉的夜色直入心脾。

那是我生平第一次尽情地呼吸资本主义的空气。那一天是公元一九九〇年四月二十一日。

然后我掏出名片看了看，尽管上面的文字早已被我背得滚瓜

隔着马路呼喊你的名字

烂熟：

奥西·马斯特

Aussie Master

澳洲移民事务所总裁

（前联邦移民局高级官员）

反面是：本事务所能为您解决与移民澳洲有关的所有问题，价格低到您难以置信，您所要做的只是向我们设在澳洲各大城市的分支机构垂询。

名片是我在北京得到的。一个年龄介于青年与中年之间的汉子和我一起在大使馆门外等了两天，他简直是个澳洲问题专家，我和其他人一致认为哪怕澳洲只向全世界发一张签证也非他莫属，可他就是被拒签了。

"他们没良心呀！"他的手指着澳洲大使馆颤抖，"你说哪个大使馆有这么大的排场？啊？他们钱赚足了！"

我没见过其他大使馆是什么样，签证到手了，我只想赶回去准备行李。但就这么走也说不过去，毕竟两天来他胸有成竹的样子给了我极大的激励。"一次签不下来不要紧，反正你近，下次再来。"

他绝望地晃着脑袋："兄弟，跟你实话说了吧，这已经是我第三次被拒签了。"

"第三次？！"

"我有移民倾向，被他们看出来了。"

"他们有什么权力说谁有移民倾向？"这话是我从他那里学来的，"有什么证据？"

"我认识奥西·马斯特呀。"他看着空虚，似乎自言自语。

那是我第一次听说奥西·马斯特。这名字听上去就顺耳，肯定是个大人物。

"他们把我的计划全打乱了。不！是彻底毁了！"他掏出一张名片，"这就是，看到没？他们没良心呀！盖这么好的房子，还不都是我们自费生的钱？"

我看着名片愣住了，"这就……移民倾向？"

他没回答我的问题，"兄弟，其实我这两天一直有预感你能签下来……你拿着吧，"他把名片拍进我掌心，握紧我的手说，"要是我没看错人，我出国的事就指着你了！"

我说了些让他放心、我一定会接他出去的话，可能还许诺了一些更具体的内容，因为当时我和他的手都在颤抖。但此刻，站在珀斯国际机场玻璃门外，我却想不起来自己当时承诺过些什么了，并不是我忘恩负义，而是面对此情此景你的感觉就是泰山顶上一青松，绝不可能向婆婆妈妈降格。

我是等到味精的主人他们几个一道离开机场的。他们一致推举我坐面包车前排，显然，未经开箱检查就出了海关这一事实把我抬升到了他们无法企及的高度。他们在后面叽叽喳喳地埋怨又庆幸，我却注意到收音机里正播放着一首很好听的歌，嗓音独特，高低飘忽。那首歌在此后的几年中我经常听到。过了些日子我才知道那首歌叫作 Nothing Compares To You——你无与伦比。

反正当时我有一种强烈的预感：这首歌和我此刻的心情将成为我记忆中不可磨灭的部分。

醒来后我惊讶地发现这个城市没人。这个城市明明有一百万人口，但我们在街上转悠就是遇不到人！我不禁捏紧了口袋里的名片。

隔着马路呼喊你的名字

后来我才松了口气，原来他们到城外度周末去了。秋意已浓，他们抓住季节的尾巴尽情享受。我的第一反应是感叹飞机的奇妙，坐上去几个小时，你就从春天到了秋天。虽然书上说过，但没有切身感受就是不一样。我想在写信报平安时把这一点告诉所有的亲友，后来又犹豫了——说这些干吗？他们之中文化程度低的还以为我是在吹牛呢。关键是得找到奥西·马斯特，等我的问题解决了，我也到郊外去度周末，并肯定有机会在山里或海边露天做爱，让微风把呻吟吹向远方。到那时，我自己也顾不上飞机是否能穿越季节的问题了。

旅店坐落在靠近市中心的地方，那几天除了我们几个就没其他人住。老板叫麦克斯，南斯拉夫人。他说的英语对我来说就像南斯拉夫语一样难懂。他一直在楼梯下隔出来的办公室里正襟危坐，我们每次走过他都微笑点头。他坐的地方在中国是堆放煤饼或笤帚、拖把的，麦克斯让我们认识了资本家勤俭节约、平易近人的一面。我好容易忍住了没向他打听奥西·马斯特的事，那几个同胞时时跟着我，掏名片出来风险太大。

其他客人出现后，麦克斯立刻把我们带到他的一处闲置的房子里，我们就由旅客变成了房客。房子居然带花园，尽管杂草丛生但确实长着一棵柠檬树，房子里有家具，甚至连床上用品都有。起初我还纳闷他干吗不早点带我们来，被味精的主人一语点破：旅馆比房子贵，麦克斯把我们多留在旅馆半天也是好的。我顿时傻了眼，原来资本家也和我原单位领导一样笑里藏刀？

味精的主人姓姚，原先是一家生产"热得快"工厂的厂长。据他说他们厂的"热得快"卖得很火，并且已经开始向电饭煲领域进军。他把电饭煲里的味精、避孕套和内裤掏出来放在桌上，"看，这就是我们的试销产品，我说我不要，他们一定要给我装上。我走的时候连退休职工都来送行的呢！"

"你们……"小徐犹豫了一下，"还试销避孕套？"

"试销电饭煲呀！你想哪儿去了？"老姚红着脸收拾避孕套，"这是我怕一时找不到工作……不是可以拿到自由市场上去换点生活费吗？反正单位里白拿。"

我们愕然。

老姚的地位顿时和我差不多了。他外语不行，过海关还遇到了麻烦，但对麦克斯的分析以及对避孕套的应用显示了他具有非凡的经济头脑，这正是20世纪90年代初中国人极度缺乏的。我们趁着避孕套掀起的热潮分析我们的优势：四人中本科生两名，大专生两名，如果每人拿出一个类似避孕套的主意，我们的前景岂止是辉煌？大家纷纷挽起袖子，豪情万丈地开始做饭。老姚的试销电饭煲被我们先试用了，那天吃的是芹菜和包菜，为了不使生活水平与国内相差太多，我们只能拼命朝菜里放味精。除老姚外，我们都把味精发成"微惊"，洋味十足且其乐融融。饭后我悄悄地漱了口，尽管饭菜里并没有内裤或者避孕套的味道。

没过几天我就发觉我的英语有问题。名片上除了奥西·马斯特的名字外都是中文，而我却无法把它们翻出来，更要命的是我甚至不知道奥西·马斯特的性别——只怪我和那个北京汉子当时都太激动。我把名片给附近奶吧老板看过，他一脸茫然。他妻子和其他顾客也凑过来看，低声却热烈地嘀咕了很久，然后疑惑地摇头。看来这个奥西·马斯特在他们国内知名度并不高。这也很正常，他们在自己家里过日子，移民局对他们来说就跟遥远的中国一样。

隔着马路呼喊你的名字

我的英语水平在语言学校分班时得到了证实。学校一共有九个班,我只够上三班,比初学者好不到哪儿去。老师珍妮是个丰满且香水刺鼻的女人,年龄为三十到六十岁。珍妮说英语的词汇量是所有语言中最丰富的,要我们多背单词。几天下来,我发觉增加词汇量并不那么容易,因为珍妮对一个瑞士小伙子来了劲。那小伙的确长得很帅,嗓音低沉,笑的时候眼睛贼亮贼亮的。珍妮开始魂不守舍,一对他说话眼睛就努力朝上翘,其实她的眼睛早不知干涩多少年了。我没心思看她扮情窦初开状,只希望他们能利用课间休息到卫生间去把那事给办了,时间长一点都无所谓,至少在得到满足后大家能相安无事地开展教学活动。

我希望的事大概没来得及发生,因为日本姑娘佑子插了一手。佑子身材五短,眼睛只有两条缝,而且牙齿错落得厉害,走路还严重的内八字。最初佑子坐在我旁边,每逢珍妮对瑞士小伙发情,她就和我说话,然后开始用小学生那种端端正正的字体写纸条给我,一般是"太乏味了""你认为这个话题有趣吗"之类的话,可有一天忽然变成了"用中国话怎么说'我爱你'"。我还在疑惑,却发现她正用那双眯缝眼向我放电。我那时的确需要女人,可她这模样即使搁在国内的边远山区也绝对是困难户,我实在不愿被她电着。下一节课佑子就换了位子,第二天居然就坐到了瑞士小伙身边。她积极投身于珍妮和瑞士小伙的谈话,并和珍妮一道把话题朝瑞士方面引:银行、奶酪、滑雪、手表,甚至瑞士青年未婚同居的费用怎么分担,等等。到了五、六月间,我对瑞士已经熟悉到了这个程度:能够在半夜潜进去天亮前溜出来,还保证做到不随地大小便——珍妮组织我们讨论过公厕建设问题,重点当然是瑞士的公厕。

佑子之后加拿大小伙彼埃尔坐到了我身边。彼埃尔的英语和我的一样糟，因为他来自魁北克。我纳闷他干吗跑那么老远来学英语，他轻描淡写的回答让我痛苦得揪心："我以前没来过澳洲。"资本主义的人就是这样活的！我顿时为至今没在大街上见到奥西·马斯特的事务所的招牌而焦急起来。

　　大概是东西方人的审美观的差异，或者是东西方人想换个口味的愿望没有本质差异，瑞士小伙开始对佑子有意思了。他们在课间休息时挨得很近吃饼干，佑子还给他带自己做的寿司，就在休息厅里把保鲜膜一层一层地打开。我平时从不在课间买东西吃，那天却破费一澳元买了两块饼干。

　　彼埃尔叹息一声，"佑子长得真漂亮。""她漂亮？"我愣住了，"那么小的眼睛！""那才性感呀！我从来没见过那么美丽的眼睛！"他说。我朝那边望过去：佑子正把最后一块寿司捧向瑞士小伙的嘴边，由于根本没有了眼睛，她此刻看上去真是一脸幸福。我忽然后悔那天没回答她的问题，过了一会儿才发觉饼干全黏在牙龈上了。更糟糕的是珍妮，回到教室时她已是晚景凄凉的模样，发现大家在等她开口，一时间竟然手足无措。我想帮她摆脱尴尬，想起了老姚早就问我的问题：味精用英语怎么说。珍妮朝我一个劲地眨眼，忽然来了精神。她搬出科学家的研究成果，列举味精对人体的各种危害，然后赞叹澳洲禁止使用味精的英明。"日本人发明了味精，"她眼角瞟向佑子，"制造了许多麻烦，我真不明白他们为什么要发明这种无用的东西。"她对日本的谴责多少唤起了我的同感，我第一次在课堂上谈笑风生，事后才发现关于味精我只记下了MSG。

　　"MSG？"老姚说，"这个词怎么这么怪？"我解释这不是一个词，这是三个词的缩写，三个很复杂的词，代表过敏、心跳加快和

隔着马路呼喊你的名字

呼吸急促，你记住 MSG 就行了。老姚把汉英、英汉词典排开，他们都凑过去帮他找，最后老姚恨恨地把词典塞给我。

词典上没有 MSG，而且过敏、心跳加快和呼吸急促都不是以字母 M、S、G 打头的。他们一齐斜着看我，我看到我的学者形象訇然倒塌。

味精制造的问题还不止这些。

英语水平败露后，我不得不处处迎合他们的趣味。那天我们几个正在烧菜，小徐和小董仍然使劲叫"微惊、微惊"，老姚忽然出现在厨房门口："你们没有其他话说了？啊？无聊不无聊？"我赶紧背过身去，小徐却说："怎么能不无聊呢？到处都是大奶子的女人，想摸一下又没那个胆量，无聊得我天天跟自己玩。人家说这样最伤身子了。"

我和小董刚笑，老姚就喝道："你不仅无聊，简直无耻！"

但小徐没发火，"哟，老姚，我们这是在哪儿呀？请注意，我可没漂洋过海还带着避孕套！"他居然带着微笑！

"你？！"老姚的脸红了，"请注意，那是我的味精！"小徐的手还僵在空中时，老姚猛地转身走了。

老姚的激烈是可以理解的。到澳洲好一阵子了，我们四个人没挣到一分钱，支出却一点都降不下来，再听到催促放"微惊"的叫声，怎不叫老姚火冒三丈？此后几天大家都没好意思再用老姚的味精——起码我没用。澳洲的肉类腥臊得很，而蔬菜硬是有股中药味，缺少味精实在难以下咽。小董悄悄告诉我和小徐：威廉姆斯大街上一家越南人的小店里有卖味精。开始我纳闷他干吗要这么神秘，后来才明白是价格因素在作怪——一袋味精比国内贵了二十一倍！

　　威廉姆斯大街是珀斯的 Chinatown，其实那儿只是零星地有几家中餐馆和华裔的杂货铺。我在那一带找过工，一开口他们就拼命摇头摆手，硬是连话都说不上。小董会说广东话，成天在威廉姆斯大街转悠，经常精神抖擞地回来，对我们的提问笑而不答。他果然最先找到了工作，在一家杂货铺里发豆芽。我们正羡慕得跺脚，他却说有一份更好的工作要在最近见分晓，还包吃包住。我们纷纷要求他引荐，即使是他看不上的发豆芽我们也不嫌弃。他逐个审视我们，"可你们……不会说广东话呀！"我们于是意识到了中国的问题在资本主义日常生活中得到了简化，只分说广东话和不说广东话。

　　小董的成功迫使我们俩加快了找工的步伐：小徐想找一份清洁工工作，半夜上班符合他的生活习惯；老姚主要关心农场临时工，他估计在一望无际的田野上不用说很多英语；我则揣着名片到处转悠，想找工作，但更想找到奥西·马斯特。

　　城市海滩（City Beach）是片富人区，家家码头上都拴着游艇，直觉告诉我奥西·马斯特就应该住在这种地方。

　　印度洋蓝得像蓝墨水，海浪不高不低正适合散步。我试图体会一下古希腊哲学家海洋性思维与中国先贤大陆性思维的差异，但工作问题、学费问题、债务问题、语言问题、奥西·马斯特问题接二连三地冒出来。看来澳洲不适宜产生深刻的思想。

　　我走了很远，一阵突如其来的香味击中了我，肠胃顿时上下翻腾。一家旅馆的餐饮部外面，一排金黄色的炸面包圈扑面而来。

　　"两澳元五个，自己拿吧！"

隔着马路呼喊你的名字

是一个胖厨师在窗口朝我叫，"你能过来付款吗？谢谢。"我这才发觉自己已经对面包圈端详了好一会儿了。我捏紧口袋里的硬币，朝窗口挪动脚步。店里坐满了人，两个女招待穿梭不停。"对不起，我这里实在太忙。"胖子歉疚地笑道，"你可以多拿一个，这是纸袋。"

"你需要人手吗？我正在找工作。"我忽然说，连我自己也没料到。

他一愣，我以为又将听到客气而冰冷的拒绝，一件白大褂却飞进我的怀里。"但你得现在开始，我不能再等了！"他扭头叫道，"芭芭拉，告诉他怎么炸面包圈！"

炸面包圈大概是世界上最简单的工作，这边进去那边出来，芭芭拉提醒我别忘了撒上"成千上万"。我过了好一会儿才明白"成千上万"就是撒在面包圈上的花花绿绿的小颗粒。这种叫法听上去很孩子气，可我太喜欢了。印度洋此刻就在我眼皮底下拍打出成千上万的浪花，奥西·马斯特可能就在附近，碰上他（或者她）我很快就会真正地成千上万，更重要的是我出国后挣的第一笔钱就和成千上万联系在一起。好兆头呀！

收工后胖子搬出工会规定给我制定工资标准，"我理解每个人都想在一夜之间成为百万富翁（注意，这里出现了百万这个词），但我们得按规定办。如果你没有异议，那我们现在就吃饭？"其实他即使只给一半我也会立刻答应的，何况还管饭呢！吃饭时我知道胖子叫比尔，芭芭拉是他妻子，另一个女招待，玛格丽特，是他们的女儿。我呛了一大口——玛格丽特看上去比芭芭拉起码大三岁！

"你们听到他说什么来着？"芭芭拉尖叫起来，在椅子上扭来扭去，而伴奏音乐正是我踏上这片土地后听到的第一首歌！

115

饭后玛格丽特走到水池边低声说:"她看上去比我年轻三岁?你没问题吧?我今年才十七!"她扔下盘子走了,晃动髋部像只豹子。外国女人在我面前争着扮年轻!而且是母女俩!这情形导致我在回家的一路上拼命回忆那首歌的旋律。

我的同胞们没有分享我的喜悦。没进门我就听到了小徐的叫声:"不就一袋味精吗?丢人的不是我,是你!"老姚吼道:"一袋味精怎么啦?你不是成天用那样的语调说'微惊、微惊'吗?不是我抓到你,你根本不会承认你用过!"

原来是小徐偷用老姚的味精被逮了个正着。我立刻加入小董劝架,异口同声地说为一袋味精不值得闹成这样。"不!"老姚架住我们的手,"这不是一袋味精的问题!我们这是在哪儿?西方国家!即使是我看过的报纸我不同意别人也不能看!我外语不好但这个我懂!"

"好、好。我当着老周和小董的面承认,我用了,是偷用的。"小徐掏出一张十澳元纸币拍在桌上,"够了吧?这袋味精算我买下了!"

"休想!我知道这里味精多少钱一袋!你也知道!我就要味精!"

商店早已关门,小徐拉着疲惫不堪的小董敲开他老板家的门买了一袋。我说我也出点钱,就算大家一起买的。小徐拦住我,宣布只要找到地方他马上就搬走,因为"到了海外更显出中国人的丑陋"。

老姚冲小徐的背影"哼"了一声:"中国人是丑陋,可他也不英俊!"他把新味精竖在锅台上,与老味精遥遥相对。看着他摆放的认真劲我心里直犯嘀咕:他怎么到澳洲来和味精飙上了?

隔着马路呼喊你的名字

小董说他也要搬走。他一再强调这与味精无关，叫我们别多心。其实我们都清楚他迟早会属于另一半中国。倒是小董一退出，我就成了老姚、小徐争取的对象。他们分别找我谈心，总的意思是我这个人虽然说话比较大，但没有坏心，愿意的话就跟他们走。我嘴上说着留恋不已的话，心里却已拿定主意：我有了工作，工资是按工会标准给的，兜里还揣着奥西·马斯特的名片，我老跟你们待一道干吗？

麦克斯没料到我们这么快就搬走，脸拉得老长。我怕他扣我们的押金，把我所掌握的词汇全部用来夸他移民澳洲决策的伟大，岂知这下触到了他的心病——他成年的孩子还没申请下来，而战争已经在他家乡打响。"我做了我该做的一切，可移民局的那些人什么都没干！"老姚他们一取回定金就争先恐后地走了，我乘机掏出奥西·马斯特的名片向麦克斯打听。他盯着名片看了半天，眼镜拉下来又掀上去，最终瞪着浑浊的眼珠说："没地址、没电话，你上哪儿找？"

血一下子涌上我的脑门。麦克斯一语道破我心里嘀咕已久的问题，这个奥西·马斯特谱也摆得太大了！

"移民不容易，太难了。"麦克斯说，"不过我还是祝你好运。行，我该锁门了。"

他走了，留下我拎着大包小包的行李站在路边。马路对面的大草坪上，几个大孩子在踢橄榄球。声音总是比动作慢半拍，完全没有真实感。

这可真是一个辽阔的国度，辽阔得我犯晕。

彼埃尔下楼来为我搬行李。他一直抱怨房租太贵，想找人分租，我来了他高兴得屁颠屁颠的。进了屋我才发现他是和另外两个外国青年住在一起。英国女青年玛瑞德丝，独自旅游时遇到了阿根廷男青年费尔南多，两人就一起住下了，后来才招来了彼埃尔。费尔南多跑过很多地方，光是西藏就去了三次。他的头发又长又乱，在彼埃尔炸爆米花欢迎我时，费尔南多趴在玛瑞德丝腿上让她给梳头。"噢！"他大叫不已，一团团金黄色的头发被玛瑞德丝从梳齿间拽出。"我是在西藏养成不梳头的习惯的，不信你问这位中国朋友。"他指着我回答玛瑞德丝的埋怨。我虽然没去过西藏，但直觉告诉我他比我还能白乎。

彼埃尔放下爆米花就忙着去抱玛瑞德丝，吓了我一跳。玛瑞德丝专注于为费尔南多梳头，有点不耐烦地说："哦别，彼埃尔！"

晚饭简直糟透了。他们把牛排放在平底锅里煎了不到半分钟就血淋淋地朝嘴里塞，玛瑞德丝居然连盐都不撒，"盐会导致心脏病，你不知道？"

牛排实在不能吃，我只好到楼下快餐店里买了一袋炸薯条。我朝薯条上挤番茄酱的狠劲吓得那个伙计直眨眼。汽车站牌后散发着尿骚，我只好绕着大楼边走边吃。真该和老姚或小徐中的任何一个走，以中国的方式烧菜，并且放味精！

对中国菜的思念使我驻足。我惊讶地发现天已黑透，我甚至失去了威廉姆斯大街的方向。

我上楼对他们说他们的吃法我不习惯，我今后得自己做着吃。他们面面相觑，忽然一齐叫道："那我们可以尝到中国菜了？！"我一愣，彼埃尔趁这工夫把玛瑞德丝拽过来吻了一下，这回他吻到了她的唇。

上床已经很晚，彼埃尔依然兴奋不已，"你不觉得玛瑞德丝很

隔着马路呼喊你的名字

性感吗？"

我说："我记得你说过佑子很性感。"

"啊，当然。我当然说过。她们都很性感，你不喜欢她们？"

我没法回答。看来他是那种只要是个女人他就觉得性感并立刻就喜欢上的人。

"你看上去不太高兴，怎么啦？"

我说其实她们性感不性感并不重要了，她们现在都有主了。

"我不同意你的说法。佑子我没有把握，因为我对东方人始终吃不透，但玛瑞德丝对我是有好感的。知道吗，我搬进来的时候他们还没睡在一起呢？"

我想说问题是你搬进来之后他们睡在一起了，好感不好感顶个屁用。但我得先在心里把这话翻译出来，就在这时传来了一种非人的叫声。彼埃尔猛地捶床："噢！他们又来了！"我一惊，然后听出是玛瑞德丝在叫，"对"和"不"掺和在一道，还有拖得很长的"噢——"。

那边显然在进行着剧烈的动作，时间却在我们这边凝固。我莫名其妙地哆嗦起来，不得不咬紧牙关。在叫声的间隙中，我听到自己体内血液奔突得砰砰有声。他们像是在杀人，而且杀了好几次，可我一直认为这只应该是呻吟的事。我果然听到了隐隐的呻吟，但就在身边，扭头看时，彼埃尔已经不见，被压抑的呻吟鼓捣得毯子既微微颤抖又剧烈起伏。时间再次凝固——那晚的时间的确是走走停停，丝毫没有流畅感。许久，彼埃尔从毯子里钻出脑袋，双目紧闭，喘得如同刚进站的蒸汽机车。我开始思考他们之间怎么会有如此的感应，结论是人种的差异实在太大。

彼埃尔竟然就这么睡着了，嘴巴张着，看上去苍老无比。我完全没了睡意，而明天我既要上学又要打工！我光着脚丫到卫生间坐下，想理清思绪，可玛瑞德丝的奶罩、短裤就在旁边挂着，鼓鼓囊囊地令我心猿意马。我使劲在奶罩上捏了一把，它立刻恢复了原样，但那是海绵的弹性，和实物的感觉完全不是一回事。

门忽然打开，玛瑞德丝一丝不挂地冲进来，"噢对不起，但你没锁门。"我惊讶得说不出话。她又说："他不喜欢用避孕套……请你快一点。"中间有一句我没听清，她随即退了出去。虽然那只是短暂的片刻，但她的全裸形象将永远镶嵌在我的脑子里。但我当时并没意识到这一点——我心跳得厉害，蹑手蹑脚地走到门后，猛地把门拉开。

但她没在客厅！

我后来怎么都想不起来自己是如何回到房间的，再定下神来时，面对的又是彼埃尔张嘴的睡态。我赶紧躺下，紧闭双眼，玛瑞德丝的话我想起来了："I don't want to get pregnant。"Pregnant？pregnant是什么来着？怀孕！对！就是怀孕！她那么宽的臀部足够让三个小孩并肩出来，说不定三个都是女孩，因为她不吃盐，将来她们都长着宽宽的臀部，身后能跟几十个小伙子，这一夜肯定全毁了。我记得我长叹了好几次。岂知第二天半夜我拖着疲惫双腿回来，在楼梯上迎接我的又是她的号叫！

我对彼埃尔说我必须搬走了。他瞪着我，嘴巴张了好几下，终于说："租（他们发不出'周'，都发成'租'），和我们住在一起有什么不好吗？"

我说文化差异太大。其实我想说裤裆里差异太大，但我的英语还没到达那个水平。

"那我怎么办？"他叫了起来，"房租太贵了！租，你知道我没

隔着马路呼喊你的名字

有工作！"

"不是'租'，是'周'！"我说，"起码你有玛瑞德丝对你的好感。"

"你知道情况是怎样的，你知道得很清楚！"他急得直甩手，见我不回答，忽然说，"好吧，我和你一起搬！"

"什么？！不、不，请别那样。"我拼命找词，"我……我要和中国人住在一起，我们都用……MSG！"

"你已经找到地方了？"

我被他问住了。

一艘美国航空母舰影响了我的搬家，它还带着一支特混舰队。满街找乐子的美国水手使整个城市忙得像过年一样。比尔要我每天工作，上午就去。钱的诱惑使我逃学了两次，但想到学校出勤率关系到签证，我最终还是在放学后花近一个小时赶到 City Beach，再一口气工作六到七小时。中午我躺在学校休息厅的沙发上睡觉，引起外国同学侧目，中国学生却围上来打听如何找到工作、工资多少等问题——疲惫不堪是令中国自费生羡慕不已的状态。我怕招人嫉妒，只说是跟老外住晚上睡不好，来自北京的女同志肖燕立刻说她有地方让我住。肖燕三十多岁，大嗓门，爱笑，就是从来不说一句英语，老师逼着也不说，是学校里的一绝。她的房子就在学校附近，而且租金低得惊人。我跟她去看，其实就是在客厅的地板上放了一张捡来的床垫。我顾不了那么多了，赶紧叫车搬家。下午再进教室的时候，我轻描淡写地通知了彼埃尔。他悲哀地摇头："你没注意这两天玛瑞德丝没叫？""那说明什么？""我和她谈过，请她注意中国人不喜欢性的事实。""我们不喜欢性？我们那么多人口哪来的？"趁他瞠目结舌的当口，我郑重宣布我们是喜欢性的，只是不喜欢叫。他张开嘴巴的模样看上去真的很老。

和肖燕同住的是一个叫杰克的上海人，他们也不时弄出些动静，客观地说比国内的响，但远不及玛瑞德丝。北京和上海之间其实一直存在着某种敌意，但他们为了性把一切地区偏见都弃之脑后。他们的声响使我油然而生民族自豪感，因为他们用行动驳斥了彼埃尔的一派胡言。

说来也怪，在搬出来后的最初几个晚上，我竟一直担心彼埃尔对玛瑞德丝说的话会影响她的兴致——那么宽的臀部，三个小孩并肩出来一定很壮观。

我真正的工作是晚上在厨房打杂。炸面包圈只是在周末下午偶尔为之，前提条件是风和日丽，但地中海式气候的阴雨天都集中在冬季，看着印度洋炸面包圈的好事在一次之后就成了永远的梦。

比尔待人还算厚道，但芭芭拉和玛格丽特的关系不融洽。"你看不到我这儿忙着吗"或者"我不可能一个人完成所有的工作！否则其他人干什么"，她们轮流对比尔大声说，比尔只好伸手拦住下面的话，"OK，OK，我来、我来。"然后和我一起累得人模狗样。

自从我夸了芭芭拉年轻，我一上班她就哼我喜欢的那首歌，还朝我挤眼。比尔说："有客人在的时候你就不能不唱？""这可不能算是唱！再说大家都喜欢，你怎么啦？"芭芭拉白了他一眼，继续哼道，"Nothing compares, nothing compares to you——"我就是从她那儿得知这首歌的歌名和它的原唱的。

玛格丽特不唱，但总是问我要烟，"我能抽一支你的Long Beach吗？"我自然说可以，但她抽得也太邪乎了，一晚上竟然要了四次。比尔终于说:"玛格丽特,你该自己买。"

"那你该给我增加工资。"玛格丽特对我说了声"多谢",抽着烟一扭一扭地朝外面去。"你结婚了吗?受够了吧?"比尔拍拍我的肩,黯然离去。霎时间我充满了毫无理由的温暖。

美国水兵带动了全体市民大把花钱,航空母舰离开的那天,整个城市都在庆祝美国人给他们带来的收益——尽管澳洲早就宣布自己是无核国家,连核电站都不建一个,可他们就是对一艘核动力航空母舰怀着那样的感激,完全不顾它装载的核武器足够把这个城市摧毁三百遍(佑子和瑞士小伙计算的结果)的事实。政治这玩意的确令人费解。

我工作到很晚,玛格丽特早走了,我只好等着搭比尔的车。他们邀了一些朋友来喝酒,我听不懂他们的谈话,但只要给我倒酒我就喝。芭芭拉把我介绍给克劳迪娅——旅馆部的经营者,并重复了我夸她年轻的话。克劳迪娅立刻来神了:"你说我看上去多大?"其实她并不年轻,但我只能说你看上去和芭芭拉年龄相仿。"噢!美国水手们怎么没看出来?"她们笑得前仰后合。"他真可爱!"克劳迪娅用眼角勾着我,"我不介意换个口味,真的。"

这句话我听懂了,脸上顿时火辣辣的,赶紧端起杯子喝酒。她们笑得更加放肆,好一会儿才止住。说实在的,她的年龄、相貌、皮肤以及臀部的宽度与玛瑞德丝相去甚远,但我的目光老朝她那边飘,拽都拽不住。有人叫她去接电话,我紧张得浑身哆嗦,然后鬼使神差地跟到了外面。

那天有点月亮,海浪在黑黢黢的洋面上搓出白色长条,在滚动中互相连接又断开。涛声中似乎夹杂着克劳迪娅的声音,但我不能肯定,也无法判断声音出自哪个房间,更糟糕的是我不知自己该站哪儿——站在暗处她看不到，站在亮处又太露骨。我在海滩和旅馆部之间不知走了几个来回，忽然发觉电话声彻底消失。我赶紧在不明不暗的地方站好，她却没有出现。难道我刚才听错了，或者是旅馆部有另外的通道通向餐厅？海浪的拍击声从四面八方包围过来，我似乎在印度洋里泡了一个世纪。就在我踮着脚朝餐厅里打量时，她的声音在我身后响起："是你吗？怎么在这儿？"

我怔怔地说不出话。"想家了？"她又说，忽然咯咯地笑了，"要不就是在找我？"

"我……就是在找你。"我的嗓子紧得几乎发不出声。

"哇？！"她轻轻地叫了一声，"这可是我有生以来听到最直接的回答。什么事？"

隔着两米左右的昏暗，我感觉到她忽然绷紧了，可明明是她说想换个口味的呀。"我在找一个人，"我掏出奥西·马斯特的名片，"说不定你知道。"

"一个人？！"她接过名片犹豫了一下，"来吧，让我们看看这是个什么人。"我跟在她后面，告诫自己今天不可造次。时机不对，一会儿打个哈哈就走人。

她的办公室并不奢华。她没坐下，弯腰凑在台灯下看那张名片。"奥西·马斯特，奇怪的名字，他，还是她？""我不知道。""这上面说什么？""关于移民的事。""移民？"她摇头，"从没听说过这么个人。"

我接过名片，"那，谢谢了。"

"等一下，你就为这张名片找我？"她歪着脑袋打量我，"那就表演过头了。"就在我不知如何反应的时候，她把我推向沙发，"得了。"

隔着马路呼喊你的名字

她在我身上乱扑乱抓,我还没真正到位她就开始颠耸,但她呼出的气味阻止了我的发展并使我溃不成军。"噢不——"她继续着骑兵的动作,喷出的气息愈加臭不可闻。"我听说东方男人快,但没料到这么快。"她最终幽怨地说。

我胡乱把自己塞进衣服里,"很久没有……也许下次……"

"你结过婚的,对吗?"她瞪着我。

我一愣,随即明白不会有下次了。在独自回餐厅的路上我说出了声:"有什么呀?叫得根本没玛瑞德丝响,还说我快,也不想想自己的口臭!谁稀罕下次?呸!"

美国航空母舰带走了人们上饭店吃饭的热情,也带走了我的工作时间,比尔终于沉下脸说以后上班得等他通知。在接下来的两个星期里我没有一分钱的进项,我这才理解了为什么他们抛弃了民族尊严还那么兴高采烈。

学校在这时重新分班,珍妮让瑞士小伙、佑子和彼埃尔都升到四班去了。我也想去四班,可珍妮认为我还得在三班待些日子。见我迟迟不说话,她说:"怎么?不愿和我在一道?"这回她的眼睛冲着我朝上翘,我想起了克劳迪娅用过的词"over acted"——表演过头。

不管怎么说,在学期过了十五周(一共二十周)的时候,我的情况绝对谈不上令人满意:工作若有若无、语言依然磕巴、睡在人家客厅的地板上、银行里的钱只够学费与生活费之间的一项、没有奥西·马斯特的任何消息,并且,美国和伊拉克摆开的打仗的架势。

我开始省略午饭——不是真正省略,只是不愿看到肖燕午餐的丰盛。我带上抹好花生酱的面包片沿着天鹅河走。河边景色很美，有时能看到鹈鹕在离岸很近的地方捕鱼。它们专心致志，旁若无人，令我百感交集。中国的先哲们认真讨论过鱼的乐趣，似乎那就是乐趣的典范，可在这里鹈鹕的乐趣显然大于鱼的乐趣。没办法，这里不归中国哲学管。

没料到老姚会在我啃面包片的时候忽然出现。"老周！哎呀好久没见！你没吃菜？哈哈，我正好给你带来了！"他隔着灌木丛向我托举起半棵花菜。

花菜是他从农场带回来的，据说整棵比篮球还大。"先在水里焯一下，炒的时候加盐加味精就行！嗳，你笑什么？"我是笑他走到哪里都离不开味精，但不好意思直说。"你老远跑来就为告诉我朝花菜里加味精？""哎呀什么呀！我来跟你商量事的！"

老姚准备黑了。他为找工作耽误了上学，下一期签证肯定没指望了，可他就在这时找到了工作。他在农场没人说话，于是想到了我。"用不了半年就能把出国的所有费用挣回来，绝对不用半年！"

那时候我正担心我的债务今生今世是否能偿还，听到这话我赶紧掏烟，手却碰到了奥西·马斯特的名片。我愣了一下，猛然清醒：必须保住签证，直到与奥西·马斯特见面！

"你，没烟了？"老姚眼巴巴地等着，然后看出我的犹豫，"嗨！那你出国欠的债怎么办？你说！"

我看着从容捕鱼的鹈鹕，打定了去东部的主意。

学期结束，我的出勤率居然比澳洲政府的规定差了一个百分点。我的脑袋顿时炸开了，债务、飞机票、亲友们充满期望的目光在我眼前团团飞舞。该死的美国航空母舰，是它毁了我的一生呀！

隔着马路呼喊你的名字

珍妮看出我的不对劲,"租,你怎么啦?"我指着出勤证明说不出话。"明白了,"她叹道,"让我试试能为你做点什么。"她走后,同学们纷纷上来和我道别,给我留下遍布全球的地址。瑞士姑娘妮可拥吻我时还流了泪,她是我们班后半期里最漂亮的女孩,但她的吻没带给我任何感觉——我只顾朝办公室那边瞅。

珍妮终于出来了,把一张出勤合格证明递给我,"的确不容易,但我为你办到了。"

我的心一下子恢复了跳动,"珍妮,太谢谢了!可以吗?"

她让我拥抱了她,"知道我为什么这么做吗?——我欠你的情。"她又翘起眼睛看我。我明白她是指佑子的事,她浑身的香味一下子变得柔和起来。

我挽着珍妮走出学校,游行队伍正朝这边过来。海湾战争箭在弦上,焦虑的市民们放弃了周五下午的出游。游行队伍最前面是个大条幅,第一个单词我就不认识。珍妮解释那个词是"妓女",整个条幅的意思是"妓女要和平"。我差点笑岔了气,珍妮嗔道:"怎么啦?妓女难道不需要和平?""需要、需要。"我干脆又拥抱了她一次。

老姚赶回来为我送行。农场的天气在五个星期里把他整成了棕色人种,还顺便整出点拿腔拿调的澳洲口音。他要我千万与他保持联系,"我可以一直在农场待下去,但既然到了澳洲,我也想看一眼歌剧院呀!"他送我一包橙子,是他亲手采摘的,然后颤巍巍地掏出一个塑料袋——小半袋莲花牌味精!"在家靠父母,出门靠朋友,老周,过去的事你别放在心上。我……唉,我现在不是厂长啦!"

火车即将进入南澳时,我去卫生间洗澡,出来时桌子上的橙子

127

不翼而飞。我赶紧找列车员，原来橙子是被他们没收了——南澳的法律禁止西澳的农产品入境。

看来各类关卡总是和老姚或老姚的东西过不去，我在下车前把味精扔进了垃圾箱。

这下该有点起色了。我想。

第二章：转折点

我独自坐在阿德莱德火车站台上，北上的火车得等到天黑。风从站台尽头吹来，在我的行李旁形成旋涡，使劲朝水泥地里钻。我的箱子比出国时还瘦了些，显然，我在过去的六个月里一无所获。奥西·马斯特对我眼下的状况负有不可推卸的责任。那张名片没派上任何用场，甚至影响了我上学、打工。我不禁自问：继续寻找这个人还值得吗？但北京汉子面如死灰、浑身颤抖的样子又浮现在眼前。他不可能是装出来的呀。

我把行李存了，随便上了一辆公共汽车，一直乘到海边。

一下车我就听到了"你无与伦比"。循声望去，这首歌的原唱Sinard Oconnor从海报上冷冷地注视着我。她的形象我在芭芭拉的CD封套上见过——一个光头的冷艳女子，但海报突出了她忧郁的蓝眼睛，歌声就在她碧蓝的眼睛里载浮载沉。我不知该带着怎样的心态来与她对视：我踏上这片土地就听到这首歌，现在它又跟着我从印度洋到了南太平洋，但半年来的生活告诉我它不一定是好兆头，就跟奥西·马斯特的名片一样。

"拷你叽哇！"

我一愣，原来是唱片店的老板学着日本人的姿势朝我鞠躬。

"别拷你叽哇，"我说，"我是中国人。"

"真的？但你英语说得不错。"那是有生以来第一次有人夸我的英语，而且他显得心悦诚服，"我们把所有的存货都拿出来甩卖，这是你的机会！你是音乐迷，一看就是，对吗？"

其实我算不上音乐迷，不过反正我也没别的地方去。

看到"你无与伦比"的歌词，我傻眼了。这首歌唱的是一个被抛弃的女人对那个男人的思念，而且到了神情恍惚语无伦次的地步，我却一直把这首歌当成精神支柱似的供着。你说她都被人抛弃了还唱那么好听干吗？

"好嗓子，不是吗？"老板骄傲地说，好像是他自己唱的似的。

"可是……她的男朋友离开了她！"

"那有什么？她会有新男朋友的，我们难道不都想成为她的男朋友？"他憋着笑等我先笑，但我那会儿笑不出来。他只好把笑咽了回去，"你是个严肃的人，旅游者中严肃的人可不多。"我告诉他我不是旅游者，我是学生。"到澳洲来当学生？"他叫了起来，"你开玩笑，澳洲有什么好学的？土著文化？你来澳洲就应该找个海滩躺下来喝啤酒，除此之外，澳洲还有什么？"

我说不出话，因为他说的正是我的感觉。"怎么？你不选几张CD？"他说。我发觉自己已经到了门口，只好说我先到海滩上转转，过一会儿回来买。他叹道："行、行，不过最好别耽搁太久，我着急找个姑娘一起到海滩上躺着哪！澳洲经济完了！除了啤酒就没有任何生意！我干吗要成天累得像条狗似的就为纳税？"

他的话让我琢磨了很久。我到了澳洲，就像他开了唱片店一样；他没成功，现在准备到海滩上躺着，我呢？我还没取得成天在澳洲海滩上躺着的资格哪！

我忽然扭头朝回赶，唱片店老板老远就咧嘴笑了，"不急、不急，我多着哪！"我气喘吁吁地把奥西·马斯特的名片递过去："知道这个人吗？"

"奥西·马斯特……奥西·马斯特，"他嘀咕着，"好耳熟啊，好像以前有一间办公室叫这个名。"

"对！对！在哪儿？"

他摇头，"他们搬走了，我已经长时间没见他们的招牌了。"

"可是，他们以前在哪儿？说不定那里有人知道他们的去向呢！"

他眼睛转了半天，"我真的想不起来了，我记性不好——我还以为你是回来买 CD 的哪。"我只好让他给我拿一盒 Sinard Oconnor 的磁带，其实此时我对这首歌已经有点犯怵了，但我对其他歌手一无所知。就这样老板还不太满意："磁带就磁带吧，聊胜于无，我该高兴才是。谢谢。我建议你到市中心去打听打听，没准有人知道。祝你好运。"

阿德莱德并不繁华，市中心没有奥西·马斯特事务所的招牌。我问了几个人，他们却反过来向我问这问那。我一急英语就结巴，这反倒激发了他们的热情，一时间我身边居然围了五个人。

我终于相信唱片店老板是对的——奥西·马斯特事务所搬走了。起初我有点失望，转念一想，毕竟我得到了奥西·马斯特的消息呀，而且这个人就在我行进路线的前方！我立刻重新被信心注满。步行回火车站的时候，阿德莱德山环水绕的景致多次令我驻足，这无疑也是个适合定居的地方。

正这样想着，一个胖墩墩的女人拦住了我的去路。她说要给我看点东西，然后把我拉向街边的一家理发店。门一开，我差点没叫

隔着马路呼喊你的名字

出来：三个女人没穿上衣，其中两个正在给顾客理发！我惊呆了，眼前只有绕着脑袋旋转的乳房，而且乳房的数量远远大于脑袋的数量。

"欢迎，请这边坐，"第三个无上装女理发师站在我面前，"我给你理好吗？"我当时一定是没控制好自己的眼神，她笑了，"欢迎你看，但不许摸。"

"不、不。"我朝后闪，"不理发……我不需要……"

"那你为什么进来？"

"是她！"我指着胖墩，"你问她！"

胖墩说："事实上你的头发有点长，我想你该理了。只比一般理发贵一点点！"

我赶紧掏出火车票，"我是该理发了，而且我也喜欢你们的店，但是我得赶火车，真的很抱歉。"

趁她们面面相觑时我想溜，却被女理发师叫住："你说你喜欢我们的店？你愿意为我们签名吗——我们正在寻求社会的支持？"她拿来签名簿。

"光签名？"

"你可以写得更明确一些。"

"怎么明确？"

"比如：我喜欢无上装理发店。"

我按她说的写了，但写得不太好看。"我再用中文给你们写一遍怎么样？""那太好了！那样我们就获得了来自全世界的支持。"我于是竖着给她们写了一遍，努力写出黄庭坚那种剑拔弩张的味道，并在她们的啧啧赞叹中道别。火车隆隆启动时，我还在琢磨我那样做算不算是助人为乐。后来无上装理发店被曝光，整个澳洲闹得沸沸扬扬，我指着电视屏幕对旁边的人说："那个店我去过！还为她们题了词！"那些老外都不相信，他们认为我不可能走在新闻的前面。我没有丝毫不快，因为一个明显的事实摆在了我面前：他们对自己国家的了解并不一定比我多。

总之，数小时阿德莱德的逗留给我留下了美好的回忆，更重要的是，我离开阿德莱德的感觉和离开珀斯时的感觉大不一样，所以直至今日，逢到有人问最喜欢澳洲哪里时我还是这样回答：

"南澳。阿德莱德。"

第三章：英语梦话

火车驶入墨尔本阴霾的清晨，我的朋友王志军到车站来接我，没想到他还开了辆旧"斯巴鲁"轿车。"我得抓紧，已经迟到好几次了。"在他一阵手忙脚乱之下，"斯巴鲁"三级跳般地朝滚滚车流冲了过去。我可能叫了一声，头脑里一片空白。不知过了多久，王志军的声音从半空飘落："我还没拿到执照，考了几次都没过。"

王志军原先是个本分人，工作努力却一直没得到提拔。他认为是自己学历太低，于是从1983年起就不停地参加自学考试并为此耽误了个人大事。每过一阵子他就义愤填膺地拿个证书给我们看——单位还没提拔他。大家都劝他不要那样苦自己，他嘴上答应说是该歇歇了，但临出国前还是给我们看了一张高级珠算证书。

我在汗流浃背中意识到资本主义改造人比社会主义快得多。他问："怎么啦你？""你……非得一只手放在排挡上？""哦，这样看起来像老驾驶，警察就不会查了。"他把排挡随意晃了晃，车也随之划出了一个大S形，惊起一片喇叭声。我当时估计我身上的汗今生今世也干不透了。

他把我扔给了他的房东又跳跃着起步而去。房东一家三口正在喝汤,确切地说是三点五口——他老婆的肚子已经很显了。房东是公派生,边喝汤边向我介绍他的研究课题,好像是关于啮齿动物繁殖的事。他的研究完全超越了我的经验,我无法理清啮齿动物的繁殖和把老婆带到澳洲来生第二胎之间的关系。听说我外语不太好,公派生拉开架势,大谈特谈他用外语为民族争得脸面的事迹。我想附和却插不上嘴,而他还不停地喝着汤。

"那你,在王志军房间里歇一会儿吧?"他终于说,"掀开塑料布就是。"

王志军居然住在厨房里用塑料布隔出来的地方!他可是自学考试的模范呀!走进塑料布,我正在考虑何处下足,公派生说:"你用塑料布把沙发兜进去不就多了一张床吗?等我们喝完汤你把塑料布朝外挪一点,唔……挪两揸吧,那就宽敞多了。"我愣着半天没动,沙发就挨着塑料布,显然是拣来的,要命的是它上面积了一层油腻,此刻正向我发出皮革般柔和的光泽。哧溜哧溜的喝汤声提醒了我:我现在是寄人篱下,必须凑合,何况人家是读博士学位的。我撩开塑料布向公派生道谢,他赶紧把汤咽下,"客气什么?每星期二十一澳元,有一天算一天!"

我惊讶得不能动弹:在厨房公用的沙发上过夜也要三澳元一夜?他即使已经获得了诺贝尔啮齿动物繁殖奖,他家厨房沙发也不该这么贵呀!

晚上大家回来了我才知道,这个三居室的小房子里连我在内一共住了九个人。房客中有超时打工者,有至今没找到工作的穷学生,还有两个只想找老外结婚的大龄女青年。他们见缝插针地撒尿、洗手、洗菜、做饭，然后一起拎着锅铲按顺时针方向上去拨弄铁锅里的菜。见我新来，他们七嘴八舌地夸赞公派生承租的房子最能提供安全保障，公派生夫妇任由大家说，脸上的笑绷都绷不住。

等大家都回了房，我问王志军："你们真的觉得这里好吗？我都有点弄糊涂了。"他朝床上一倒，"其实我们都清楚房租全摊在我们身上了，但我能放心打工，晚上有个地方睡觉，行啦！我知道你心大，你先随便转转吧，如果想走得等到星期天——我只有一天休息。"我一愣，他已酣然入睡。我蜷缩进沙发和塑料布之间，油腻味立刻厚厚地将我包裹起来，不张嘴就吸不到氧气。王志军几乎立刻就开始说梦话了，虽然来澳洲时间与我相当，他却已经养成用中英文交织着说梦话的习惯，有的英文单词他要憋半天，最后以咆哮的方式喊出来。我被吓得抽筋好几次，惊吓之余我得出结论：王志军的英文水平与我不相上下，但口语可能不如我流利。王志军的咆哮持续到后半夜，干清洁工的小伙子忽然从房间里冲出来，在卫生间里咬牙放屁地撒了一泡尿后夺门而去。王志军此刻一跃而起，像是上了发条，匆匆洗漱完走了——他要去送报。我想这下可以睡一会儿了，岂知两个大龄女青年又冒了出来。她们不紧不慢地评价化妆品的功效，然后再讨论早餐的营养搭配。平心而论她们是体贴入微的，声音一直压得很低，但对女性话题的好奇促使我使劲支棱起耳朵，毕竟我已有半年多没听到这种纯女性的废话了。然后是公派生起来煨汤，他不时去向老婆请示汤里该放什么、什么时候放。

我就那样过了两夜，第二夜和第一夜简直一模一样。

墨尔本比珀斯、阿德莱德大多了，而且街上有很多中国人来去匆匆，从"狼"牌或者"火炬"牌旅游鞋上就可以辨认出来，还有

隔着马路呼喊你的名字

牛仔裤——那时候中国的牛仔裤还没与世界接轨，两道边总是砸在裤腿外侧。我暗暗叫苦：奥西·马斯特即便就在这里，好事也轮不到我了呀。第三天临近中午，我坐在街边头晕眼花，叮叮当当的有轨电车使我觉得这是殖民地时期的上海。我开始为没跟老姚去农场而后悔，进而后悔起当初做出国的决定来了。

我头重脚轻地回到住所，公派生一家又在厨房喝汤！我和衣倒向沙发，塑料布被我震得乱晃。公派生叫了起来："嗳、嗳、嗳！我们这里正喝汤哪！你轻点行不行？"

我实在忍无可忍，"我在我的卧室里，和你们喝汤有什么关系？"

"嘀？我说，我看你是王志军的朋友才让你留下的，你这样说话可有点不给面子呀。"

"你没给王志军面子，你给了澳元面子。"

"你？！你来投靠别人，竟说这样的话！不乐意就请便，这里可没有户口制度！"

"投靠朋友并不丢人，用国家的钱到这里来当超生游击队才丢人呐！"

我摔门出来后才意识到我把话说过头了。看来我不能在这里等到星期天，但我起码得和王志军话别，就是说我得转悠到天黑，可我去哪儿呢？

隔壁工厂正在休息，一个洋妞在门口眼巴巴地看我点烟。我习惯性地问："你们这里需要人手吗？"

她犹豫了一下说："可能，但老板现在不在。"她要我留下电话，我从她的眼神判断她准备开口要烟，赶紧说我就在隔壁，一会儿再来。她的目光跟我走了一段，我没回头但能感觉到。澳洲到处有人要烟，他们都和玛格丽特的态度一样：香烟那么贵，我干吗要买？但他们显然不喜欢这个问题的另一半：香烟那么贵，我干吗要抽？

我站在街边抽烟，街对面的职业介绍所冷冷清清。挨家挨户找工作是我们自费生最常用的方式，职业介绍所手续太正规，而且他们练就了辨别中国自费生的火眼金睛。我抽完最后一口，决定去给澳洲劳动就业部添点乱，出口恶气。

架子上的卡片基本上都是旧的，这与珀斯的情形一样。它们大多是些远洋船长、坦克设计师、心脏外科专家之类的职务。我估计能接这些职务的人不会到这里来看卡片，因而这些卡片的作用就是提醒一般人：你虚度了青春！当然它们也是澳洲劳动就业部的公告：我们可没闲着！

一张簇新的卡片引起了我的注意。对照小字典，我读懂了这是招一个酒吧服务员，要求是穿很"节俭"的衣服。我回想了好一会儿，确信自己今生从来没奢华过，于是摘下卡片对服务台里的工作人员说："这份工作我要了，请开单。"

那个外国女同志愣在那里不动，我不想让她有时间琢磨出我的学生身份，大声质问道："你不认为我很节俭吗？"

"但我并不认为你合适这个工作。"

"没人会比我更合适。请开单。"

"看来，"她说，"只有让他们向你解释了。"

酒店就在街口，接待我的人头发又黑又长，好一会儿我才确信他是男的。他半晌不说话，我看出他不想把这份工作给我，但我不能像对职业介绍所的人那样对他。我说："我符合你们的条件，而且我有工作经验，你可以打电话去珀斯核实。"

隔着马路呼喊你的名字

"你知道我们要招什么样的人吗？"

我以问作答："难道你认为我穿得还不够节俭？"

他拦住我的话头，"来，我让你看看'节俭'在这里是什么意思。"他把我带到一扇小窗面前，闪开身子，"你自己看吧。"

一个比基尼女郎侧面对着我。几个酒鬼突出的眼球拼命朝她胸罩里钻。

"这就是我们所说的节俭。"长头发男人憋了一会儿，忽然笑喷了，"你的误解是我所经历的最有趣的事，哈哈，哈哈，对不起，"他不停地笑，又不停地道歉，"我是值班经理，如果你愿意，我可以让你填一张申请表，让老板做决定。哈哈，对不起，哈哈，太有意思了。"

我在表格上留下了公派生的地址电话，犹豫片刻，签了一个英文名字：韦恩。当时并没多想，只是不愿再为"周"该怎么发音而多费口舌。

"什么都试试吧，你这样做其实是对的。"值班经理在分手时终于绷出一脸真诚。我却在转身之后哑然失笑：中国的节俭是没好衣服穿，他们的节俭是有衣服不穿，整个倒过来了！

快到公派生家的时候我发觉离天黑还得一会儿，刚要转身，却见隔壁工厂里的那个洋妞指着我向一个秃头汉子说着什么。我走过去："你是老板？我叫韦恩，刚才来过。"

"你说你也住在隔壁？"这是他的第一句话，"你们房子里到底住了多少人？三十？"

我尴尬地说我刚来，正在找地方搬。

"你也在读博士学位？"得知我还在学语言，他立刻又问："'圣诞节'和'岛屿'怎么发音？"

我说："'圣诞节'，'岛屿'。"

"对呀！你的英语比那个博士好多了！知道吗，他把'圣诞节'里的 t 和'岛屿'里的 s 都发了音！如果我的中文只有他这个水平，我是不会到中国去读博士的！"

"我也不会！"我立刻响应，我还想说"丢人现眼"但不知英文该怎么说。

"其实我很喜欢中国，特别是一个叫作赛奇湾的地方，你去过吗？"

"赛奇湾？"我在心里把叫"湾"的地方过了一遍，"你是说台湾？渤海湾？或者南泥湾，你听过那首歌？"

他一个劲地摇头，"赛奇湾！就挨着北京！一个小村庄，全村人都吃辣子。看，是这样拼的。"

我横竖看了半天，终于认出他写的是汉语拼音。"四川！不是赛奇湾！也不是一个村庄，是一个省，比维多利亚省还大！离北京远着呐！"

他瞪了我好一会儿。"你的发音也有问题。你们中国人发音都有问题，不过你的情况好些。"

我哭笑不得。"那，你为什么喜欢赛奇湾？喜欢吃辣子？"

"不、不！我只想去看看他们怎么吃辣子。"

我和他就赛奇湾、辣子展开讨论，并把话题延伸到辣椒的发源地墨西哥。我们的结论是：辣子对人体的作用我们都不清楚，吃不吃辣子属于基本人权问题，但辣子可能与人口出生率有关，因为凡是吃辣子的地方都人口爆满，科学家应该对此做进一步研究。然后我大大咧咧地问："那么，我在这里工作的事怎么说？"

他的脸立刻沉下了。"显然你是个有意思的家伙，但澳洲经济很不景气，你知道的对吗？工作不是度假，绝对不是。你一定明白我的意思，是不是？"

我点头，其实我很想长叹一声。

"你，下星期一开始吧。"他伸出手来，"保罗·帕契尼，很高兴认识你。"

我为王志军准备晚饭，还买了一瓶葡萄酒。公派生来厨房转了几次，欲言又止——葡萄酒把他给镇住了。

王志军一回来我就问他有没有开瓶工具。他张着嘴愣在那里，我问了几遍他才说："啊？什么？"

"喝酒呀！"我说，"首先得把酒瓶打开——我决定走了！"

他们一下子都冒了出来，但还没来得及提问电话就响了。"我来接。"公派生摆出房东的架势，"喂？哈罗！……谁？韦……？没……没有这个人……"

"是我的！"我冲过去抓过电话，"Hello, Wayne speaking。"

是酒店打来的，一个女的向我道歉，并说如果我不介意，她可以为我安排另一个岗位，"今晚你能开始工作吗？"

"现在？当然，我马上就到！"

我放下电话，他们都瞪着我，"这是三天的房租，"我数了九澳元给公派生，"连今晚在内。还有其他费用吗，水电煤气什么的？"

王志军叫道："嗳，你不是找到工作了吗？"

"是的，葡萄酒就是为我找到工作买的，但我得搬。你这儿到底有没有开瓶器？我下班回来喝。"

我赶到酒店，值班经理向员工们使了个眼神，他们一齐抿嘴笑了，看来我的故事已经深入人心。女老板伊莎贝拉和她丈夫罗伯特在办公室见我,她只说了一句"有时我也觉得英语是一种很讨厌的语言,真的"。然后就和她丈夫捂着嘴嘿嘿笑了起来。

工作和比尔那里一样,工资也一样。收工的时候我请伊莎贝拉给我开个租房用的工作证明,她犹豫了一下才拿起笔,"你第一天在这里工作……不过,从你对'节俭'一词的误解,我确信你是个诚实的人。"

回到住处已是半夜,葡萄酒原封未动。我费了好大的劲才把软木塞捅下去,然后叫醒王志军。他硬撑着陪我喝了几口,说好如果我找的房子不贵并且有地方停车他就和我一起搬。

从与珍妮吻别到在另一个学校注册,我在其中有一个月的时间,到那天为止还不足两星期。看来我的债务问题不要半年也能解决。老姚啊,你在农场没人说话,而且你的味精被我扔进了车上的垃圾箱,真对不住!

王志军猛地咆哮出英语梦话,我在昏暗中笑得浑身温暖。

星期一我去工厂上班,厂门还没开。公派生正巧从家里出来,见到我一愣。"你……什么东西忘这儿了?"

"没有。"

"那你……?"

我不说话。所有自费生都明白不该把自己打工的情况透露给同胞,尤其是闹过矛盾的人。偏偏这时保罗·帕契尼开着他那辆大福特来了,"很好,韦恩,很好。第一天上班就第一个到,我很满意。"他下车和公派生打招呼,"最近怎么样?我一直认为你的房屋租赁生意是墨尔本地区——可能在整个澳洲是最好的。……怎么说呢,你和韦恩是朋友,而且你先在我这儿申请了工作,说起来有点尴尬，但我必须聘用能够用英语和我交流的人。真的很遗憾。韦恩，进来吧，我向你解释一下我们的工作。"

进了工厂我回头，公派生还在那儿傻站着。晚上我和王志军说起这件事，我们不约而同地担心起来：他要是去举报我们超时打工呢？

两个大龄女青年来看我们，立刻要求搬来同住。她们的一句话化解了我们的担心：公派生赚取房租已不止两年，他不但没向澳洲政府纳税，还拿发票回国内报销，我们从国内国际两方面都可以收拾他。

我感到了另一种恐怖：中国人都是窝里斗的高手，可能连我自己也是。

我们能安全吗？晚上我躺在床上想，看来还得找到奥西·马斯特。

第四章：姓名学与乌鸦的叫法

工厂是生产文具的，也就是国内乡镇企业的水平。我最初在厂门口见到的那个洋妞叫丽茜·约翰。我以前一直以为约翰只是名，但在她身上就是姓。她还骄傲地告诉我：她有个哥哥就叫约翰·约翰。

我与公派生发生争执的那天下午，丽茜的确是打算向我要烟的。我当然没有向她核实，不过两个星期过后我对她的财政状况已了如指掌：周一、周二她既有香烟又有午饭；周三她只有香烟没有午饭；周四、周五她一切全无——我和她第一次见面是周四，问题再清楚不过了。我上班后的第一个星期四，上午刚休息丽茜就坐到了我身边："知道吗？我有中国血统呢。"

"哦？从你父亲那边还是从你母亲那边来的？"

"我母亲的奶奶有十六分之一中国血统。"

我那时候的英语反应还不够快，"别忙、别忙，就是说你母亲的奶奶也还不是中国人？"

"当然不是。她只有一点点中国血统。"

我算是有点明白了，"那，到你还有多少？"

"嘿嘿，剩下的确不多……能给我一支烟吗？"

我给了她烟，并对她母亲的奶奶的先祖与中国人通婚的可能性表示怀疑。她解释说她家来自库克群岛，热带人那方面比较随便，她的先祖未必和中国人结婚，没准只是在海边见过一面就有了身孕。我正推算那是否能与郑和航海的时间相吻合，她又要了第二支。

周五休息的时候，我主动递给她一支烟。她很感动，也有点尴尬，"哦，谢谢，尽管我知道抽烟对身体有害……"说着她一口抽掉了小半截。

丽茜一家先从库克群岛上迁到奥克兰，为了就业又先后到了澳洲。她在家里最小，却是全家工作最稳定的一个，家庭其他成员都靠政府救济金过活，每过一阵子就有人因为长期不工作而被取消救济资格。我问她如果加入澳洲国籍情况是否会好些。"什么？"她嚷嚷起来，"澳洲国籍？我们现在还后悔当初加入新西兰国籍呢！以前我们岛上没有国籍不也挺好吗？"

老板保罗·帕契尼插嘴道："岛上没有失业金！"

"岛上有面包树！"

"对呀、对呀。面包树还在岛上，可你们都离开了！"

"那时候我还小！我迟早要回去的。"

"很好！没准我会抽空去待上一个星期。一星期足够了吧？面包果吃多了肯定拉不出屎来。"

哄笑声中丽茜愤愤地说："你是意大利公民，不也一直待在澳洲吗？"

"我的情况不一样！澳洲永久居住权使我不必回意大利服兵役。我不喜欢战争，伊拉克入侵科威特我不喜欢，美国如果打伊拉克我也不喜欢。"保罗·帕契尼转向我，"知道我为什么喜欢赛奇湾吗？"

"四川！请注意你的发音：四——川——"

他挥手打断我："战争是人的本能，赛奇湾的人喜欢吃辣子，事实上每一次吃辣子都是对自身的战争，否则他们为什么要出汗呢？我相信吃辣子是维护世界和平的好办法——他们不需要自身以外的战争了。"

他推导的方式令我惊讶，而更令我深思的是他们对澳洲国籍的态度——资本家和雇员竟如此一致。

除丽茜·约翰外，工厂里还有一个令我困惑的人名：山姆·朱可夫。山姆可以理解为美国，而朱可夫则是苏联最伟大的军事家之一，世界上最强烈对立的两种势力同时出现在一个地区，其结果必定是鸡飞狗跳，但在山姆·朱可夫身上显示的却是对立的另一面：冷。

山姆是工头，老板在的时候他几乎不说话，即使在我们热烈地讨论中国血统或澳洲国籍问题时，他也只是在一旁冷眼观看。

由于我、老板以及丽茜本质上都是大白乎，所以没几天我们就混熟了。第二个星期四休息时，我赶紧到大门外的长椅上坐好，带着笑脸回望跟踪而来的丽茜。山姆忽然叫住了她："丽茜，你有烟吗？"

"我……"丽茜很尴尬，忽然说，"你不抽烟的，要烟干吗？"

"我有。你抽吧。"山姆居然掏出一盒蓝壳温费尔德香烟。

"多么令人惊讶！太谢谢了！"丽茜兴奋得脸都红了，接过烟匆匆朝我这边走，我却看到山姆的眼睛暗了下去。那天老板不在，山姆一直在不远处绷着脸。作为正在和女人套近乎的男人，我立刻觉出了其中的意味。为了缓和气氛，我把对他姓名的想法说了出来。他瞪着我不说话，我赶紧解释："我开玩笑呢！"

"我不觉得这有什么好笑，而且你和我开玩笑不合适。"

我愣住了，暗暗地骂自己没眼力见。岂知休息时间刚结束，山姆就隔着机器冲着我叫："喂，到这儿来！喂！你听到没有？"

我有点不知所措，半天才说："你不知道我的名字？"

"我知道，但我认为你不该叫韦恩。"

他们都看着我，我一下子觉得自己憋不过气来。他又说："你把这几个箱子放到架子上去，它们碍事。"

他是找茬来了！我说："要放你自己放，架子超过了一米四！还有，我叫韦恩和你叫山姆一样，没任何意义。"

"你说什么？！"他叫了起来。他们赶紧拦住他，丽茜的脸都吓白了。

说实在的，他的块头比我大，但我知道这会儿要是软了就得永远受气，我才得到这份工作呢。"不要挑起战争！"我说，那时候我从电视上学到的尽是战争词汇，"你想和澳洲法律作战吗？"

"这些箱子碍我的事！"

隔着马路呼喊你的名字

"那你就自己搬！"

"中国人，你不知道这里谁是工头？"

我把手中的活一摔，"知道我以前干什么的吗？你这样的都没资格和我在一起工作！你我都是来挣钱的，但你挑起了战争！"

"那又怎么样？"

"我们之中必须有一个离开。"

"你知道了？"

"我当然知道，因为你要离开！"

他们都惊呆了。我回到高频焊接机旁，心里却没有一点底。我承认那是我这辈子说的最没谱的话，但我必须镇住他。丽茜在我旁边操作，几次想说什么，我却没给她开口机会。我在琢磨回头怎么向老板解释，毕竟这不是赛奇湾的话题。

老板回来了，我的心一下子跳到了嗓子眼。他似乎有点闷闷不乐，什么都没说就进了办公室。许久，他伸出头来："今天怎么这么安静？发生了什么事？"

我屏住呼吸，只要山姆报告我立刻就去解释，且不管我能表达得怎么样，反正不能由着他一人说。

终于传来山姆低低的声音："一切正常。"

我听到自己的心脏落回胸腔发出巨响，丽茜也猛地扭过头来。不知为什么，我觉得这是个好兆头，于是我朝她认真地点头。

和工厂相比，餐馆的工作还有点乐趣：隔着小窗就是比基尼小姐，还有成片血脉贲张的脸。这个餐馆和珀斯的那个不同，客人去那个餐厅为吃饭，而客人到这里来为喝酒。罗伯特和伊莎贝拉夫妇不时转到厨房里来，他们不是来看厨师斯蒂夫和我工作，而是从小窗里观察酒吧里的酒徒。如果他们一个个滔滔不绝只顾说话，老板夫妇就赶紧让我们准备"白送"——烤薯片上撒很多盐和辣椒面，一盘盘从小窗里递出去。在我撒盐和辣椒面的时候，老板夫妇一个劲催："再放、再放，那样他们才会多喝酒！"

送回来的盘子里总是只剩厚厚的盐和辣椒面。我观察了他们享用"白送"的情形：指尖捏着烤薯片在盘边上磕掉盐和辣椒面，然后"咔嚓"一声扔进嘴里，连啤酒都没喝一口又去捏第二片。

老板夫妇激烈地讨论了好几次，决定为"白送"增加一味配料：粉状奶酪，然后把盘子放到微波炉里去加温，熔化的奶酪就把盐和辣椒面与烤薯片有机地结合起来了。

令人吃惊的是"白送"被消灭了而啤酒的销售并没有明显的上升。后来我琢磨出了其中的道道："白送"是在酒的销量下降时才白送的，那时酒鬼们的肚子已经被啤酒填满，比基尼小姐也被看了个够，因而一体化的"白送"只是为他们乏味的嘴巴增加了一点味道而已。我把情况分析给老板夫妇听，他们将信将疑地叫斯蒂夫停止"白送"。岂知九点半过后，那些酒鬼们拍打着吧台齐声高呼"白送、白送"，伊莎贝拉出去问他们要什么样的"白送"，他们大叫："随便你们怎么弄我们都能对付！"看来他们从来都是明白人。

从此"白送"的规矩改为：听到他们齐声高呼我们再准备，不用向老板夫妇请示，也不计较采用哪种配方。于是在一般的日子里，斯蒂夫和我说的最多就是："今天我们吃什么？"

斯蒂夫的厨艺极其一般，却好显摆。"我在以前工作的餐厅里做了一次非常成功的宴会，猜猜有多少客人！"他总是这样说，因而我也得一次次地接茬："多少？"

"四十几位呢，吃完了他们轮流过来与我握手！"但他最初说的是二十几位，显然这个数字很快将突破五十。"只要你仔细观察我做菜，总有一天你会成为好厨师的。你看上去不笨！"

我只好谢他，但仍然自己做着吃。他经常拿着叉子凑过来，吃得眼睛直眨。"唔！你有长进了，我说过你会成为好厨师的！这份归我了，你自己再做一份吧。"

有时比基尼小姐收拾了吧台上的盘子进来，嗲嗲地说："斯蒂夫，有什么吃的吗？我有点冷呢！"

"你觉得冷？"斯蒂夫猛地趴在不锈钢桌子上，"来，像这样趴下，我从后面进，我们就都热乎了！"说罢他笑得上气不接下气，任比基尼小姐掐了几下又抓走一把薯条之类的吃食。"韦恩，我敢肯定你也喜欢从后面进——双手都有事情做了。"

我毕竟磨不开，"你……怎么可以这样对一个女孩说话……她很尴尬呢！"

"尴尬？韦恩，醒醒吧，你现在是在澳洲！"

"澳洲怎么啦？"

"中国有乌鸦吗？"

"乌鸦？！有呀。"

"中国乌鸦怎么叫？"

"呱、呱、呱。"

"什么意思？"

"没有意思，就是乌鸦叫。"

"你听过澳洲乌鸦叫吗？"

"当然，到处都是。"

"它们怎么叫？"

"呱、呱、呱。"

"不！它们这样叫：法——克、法——克、法——连乌鸦都在催我们呢！"

文具厂的生意遇到了竞争。那是个政府采购项目，要货的是澳大利亚空军某基地。保罗·帕契尼已经与空军合作多年，这次报价也与竞争者的基本相同，但这个基地离我们的竞争者很近，运输费的差异使决策者犹豫不决。保罗·帕契尼急得团团转，我们都听见他自言自语的诅咒。

那天他出去后电话响了。山姆在厂房的尽头半天没反应，我估计他是故意的。我没好气地抓起电话，却是一个柔美的女声问保罗·帕契尼先生在不在。我立刻想起了在课堂上学到的全部电话礼仪，把简单的句子弄得长长的回答了她。电话是从空军基地打来的，对方是军需部的采购官员。老板给她打了好几个电话都没找到她，她想解释一下以免误解。"你能为我转告吗？""当然。你的姓名？"听说她叫安琪拉·福克斯，我笑了。

"怎么啦？"

"没什么。请原谅，我觉得你的姓名把天使和狐狸放在一道很有意思。"（注：安琪拉·福克斯的名与"天使"相近，姓则与"狐狸"为同一词。）

"你研究姓名？！"她在那头声音一下子高了，"我的名字还意味什么？"

"意味着你美丽、善良而且绝顶聪明呀！顺便问一下，你是什么军衔？"

"我的军衔可不高。"她有点沮丧。

"放心吧，"我憋出浑厚的嗓音，"以你的名字和美妙的嗓音，你会得到提升的，很快。"等她咯咯笑完后我又说我们已经与空

隔着马路呼喊你的名字

军合作多年，你们的订单对一个小企业来说无比重要，请理解保罗·帕契尼先生的焦急，但他只想与你们合作下去。安琪拉·福克斯犹豫了，然后答应一定认真考虑。

老板回来见到条子，大叫一声："韦恩，怎么是你接的电话？！"我还没想好怎么解释，他已经气急败坏地拨号了。他在电话上谈了很久，办公室里终于传出他的叫声："山姆，到我办公室来！韦恩，请你也过来一下！"

"为什么不是你接的电话？"他劈头就问山姆，"你怎么解释？"山姆说他在最里头干活，而韦恩就在电话附近。"可我付了你不同的钱！在我离开的时候你该负责这里的一切！看来我认错了人。"然后老板转向我，"你的英语似乎比我估计的要好些，以后我不在的时候由你接电话。山姆，明白了吗？你先去吧。"

我的心一下子跳到了嗓子眼，这是要给我加工资呀！

"韦恩，空军的订单到手了，你的确有功劳。"老板只笑了一下，"可是，你什么时候开始研究姓名的？知道吗，在正规商务交往中使用这种东方巫术很令人尴尬，我警告你今后决不能再这样做！"

加工资的事他连一个字都没提！晚上我在餐馆对斯蒂夫说："你说的对，你们这儿到处是乌鸦，你们的乌鸦又那样叫，所以你们这儿太法克了。"

斯蒂夫直眨眼："你的英语很有问题，韦恩。你不可以说这里太法克，没这种说法！"

"那我该怎么说？"

"你对什么不满就法克什么，当然你对谁极度喜爱也可以法克她。"

"我对整个澳洲不满!"

"那你就法克澳大利亚!"他扇动手臂做飞翔状,"法——克、法——克、法——"

我的气憋了几天,老板也像热锅上的蚂蚁似的转了几天,然后他忽然不知去向了。山姆不知我们该干什么,给老板家打电话又没人接。他把他们聚在一起小声嘀咕,眼睛还不时朝我瞄。他的眼神令我恼火。工资没加着,还有敌视的白眼!不行,我必须改变这种局面。

办公室墙上挂着订单,我给自己安排了活。丽茜过来问:"是老板让你干这个的吗?"

"不是。不过,你最好待在这里为我装箱。"

"你怎么知道要干这个?连山姆都不知道呢。"

"别问那么多。你到底愿不愿意给我打下手?"

她不再问了,一声不吭地帮我装箱。许久,她低声说:"韦恩,我知道你会赢的,但你以后不要对我太严厉,行吗?"

我一愣,一阵狂喜立刻攫住了我。"行!谁叫你有中国血统呢?"

老板是去空军基地了,途中在加油站打来电话问大家在干什么。我如实报告,他立刻叫山姆听电话。我们都听到了老板在数百公里外的咆哮。然后老板又问我为什么选这份活干,我说你的工厂很简单,日程全都挂在墙上,看订单安排生产,还有比这更容易的吗?"韦恩,听我说,韦恩,我知道委屈你了。等我回来一切都将改变,我保证。"他的话语伴随着引擎轰鸣传来,使我有了一种火线被提拔的感觉。那天下午丽茜光是为我装箱都跟不上趟,"你慢点韦恩，我知道你憋着气，但我没做什么错事！"我笑了，她却更加糊涂，"你，到底是生气还是高兴？"

第二天我独自享用热腾腾的午餐时（那天又是周五），老板回来了。山姆被叫进办公室，他们立刻嚷嚷起来。我忽然发觉自己的英语水平大有长进——在看不到他们的时候居然听懂了他们说的每一个词。他们的嗓门越来越大，再加上丽茜在门口等我的烟，真可惜了我那天的宫保鸡丁。

丽茜接过香烟时神色惊恐——保罗·帕契尼正在咆哮："我原来只想责备你几句并在公司内做一些调整，但你却连基本的事实都不肯承认，山姆，我不得不说……"

"等一等，"山姆·朱可夫在最后时刻有了绅士派头，"我辞了。"

那时距他找我茬只有三个星期零一天。他出门的架势把停车场上的乌鸦惊起，聒噪着飞到铁栅栏顶上。这回我可听清楚了，它们叫的就是："法——克、法——克、法——"

"你怎么啦？"丽茜忽然问。

我使劲憋住笑："问你自己怎么啦，到现在还没把烟点上？"

第五章：黛米和朱丽娅

黛米和朱丽娅就是原来住在公派生家的两个大龄女青年。我住在那儿的三天之中她们一个姓耳东陈，一个姓木土杜，但搬到我们这里就叫黛米和朱丽娅了。可能与影星黛米·摩尔和朱丽娅·罗伯茨有关，我是这么琢磨的。

起个英文名字在海外中国人中是很普遍的事，所不同的是她俩要求早已认识她们的人立刻改口，这就给王志军造成了极大的困难。"小陈、小杜，做饭哪……噢，不、不、不，黛米、朱丽娅，你们备晚餐？"她们这才松了口气，矜持地颔首微笑。

我的情况和王志军又不一样：我原先就没弄清楚过她们谁姓陈谁姓杜，再经这么一改就彻底晕了。"回来啦黛米，不，你好朱丽娅……你到底是黛米还是朱丽娅？"住了一阵子之后情况有所好转，但有一个问题我可能这辈子弄不明白了：她们到底是陈黛米、杜朱丽娅还是杜黛米、陈朱丽娅？

黛米和朱丽娅搬来的唯一要求是分一路电话线到她们卧室里去。我和王志军当即同意，因为人家来澳洲就是要嫁人的，我们应该尽自己最大的努力让她们早日去成教堂或市政厅。靠着床头打电话对促成婚事肯定有利，打着打着话语一岔，双方一下子温馨起来，事态顿时有了长足的进展，电视上都那样演的。不料电话接通的第二天我从餐馆回来，一进门王志军就迎了上来。"不好啦！"他把我拉进厨房，"我估计全澳洲的光棍都知道我们的电话号码了！"

"啊？！"然后我听到了房间里结结巴巴的说话和吃吃的笑。

"整个晚上电话一个接一个地打来！我一点都没夸张！我一直在这儿等着打电话呐！"

我倒不在乎她们电话打多久，只是惊讶于她们的办事效率，两天后就有人上门了：越南人、土耳其人、马来西亚人、黎巴嫩人、阿尔及利亚人、希腊人、斯里兰卡人、南非人、巴西人、爱尔兰人，还有一些连黛米和朱丽娅都说不清是哪个国家的人。他们有的衣衫整洁得令自己局促不安，转动老式门铃都缺乏力度；有的则连胡子都没刮，径直在门上拍打，像看守所里犯人理直气壮地要撒

隔着马路呼喊你的名字

尿。我或王志军开门总使他们一愣,然后才小心翼翼或大大咧咧地报出一个大明星的名字。我如果在家,通报的差事一般由我来做,一来我的房间最靠门口,二来王志军打量外国光棍的眼神不太友好。对于我们的通报,大龄女青年房门后飘出的回答总是"让他进来",但并没有出现非当事人走出房间以提供方便的情况。我和王志军经过讨论达成共识:两个大龄女青年同时接见一个追求者再合适不过了,既可以防止流氓犯罪,又可以通过某种事先的约定——比如一个眼色或三声咳嗽,由非当事人出面把落选者请出去;如果产生了好感也很好办,出去汽车兜风就什么问题都解决了。汽车兜风果然按时发生,可黛米和朱丽娅还是一起去的!我和王志军又讨论了几次,结论是:事情还没发展到接吻那一步。我在为中国大龄女青年的操守骄傲的同时也感到了一份无奈——我为她们通报到什么时候才算完?

墨尔本有好几家学校晚上上课,学费比珀斯的便宜近一半。我挨到办延期签证的最后一天,就近找了一家匆匆交费注册。办完手续立刻进教室,才发现一屋子都是中国人,连教师也是。教师说他生在澳洲,中国话一句都不会说,但我们在下面议论时他的表情告诉我他听得很明白。他的英语除了听上去不像英语之外没有任何问题。我回来向王志军他们抱怨,他们却说我少见多怪。我似乎明白了为什么我的英语在东部显得比在西部时好的原因。

我给珍妮打电话。她立刻听出了我的声音:"租?!是你吗?你在哪儿?你的签证到了期限,你续签了吗?"我激动得眼眶都湿润了,没想到这片大陆上最牵挂我的人是她。我把离开珀斯后遇到的事都告诉了她,如同向亲人倾诉。她说:"我当时就觉得你和其他学生不一样，你果然……租，但我想说的是事情不会容易的，不管你要做什么——你到澳洲来得太晚了！"我忽然想起了奥西·马斯特，赶紧向她打听，珍妮琢磨了好一会儿，断定奥西·马斯特不是一个人，因为没人会叫这个名字，但如果是一家公司的名号就说得通了。她答应帮我留心并邀请我方便的时候重返珀斯。"我会经常想你的。"她的话语久久回荡。

趁着心里暖洋洋的那股劲，我又给老姚打了电话。接电话的竟是小徐！他和老姚分别向我提出相同的问题，对我的提问却支支吾吾避免正面回答。那天夜里他们先后打来电话，都是在离农场数公里之外的路边电话亭打的。从他们愤愤的话语中我了解了个大概：

老姚在送我离开珀斯的那个晚上遇到了小徐，小徐当时对澳洲已经彻底绝望，毅然决然地跟老姚去了农场。但是，味精播下的仇恨的种子在农场的土壤中发芽了，起先是家务琐事，然后是与农场主的沟通（小徐的外语还是比老姚好），最后是为一个经常来拉农产品的女卡车司机。老姚说他把小徐带到农场完全是出于同情，过河拆桥纯属道德败坏；小徐则说他在生活、工作中已多方面让着老姚算是回报，但爱情是不讲先来后到的，"讲先来后到的是妓女，老周你说对不对？"

接近午夜，我已经没兴趣再听他们的日常琐事了，只是对女司机还有点兴趣。她多大？漂亮吗？她对谁有意思，或者具体地说她和你到底有过什么？根据他们的回答，我对女司机的了解大体如下：白种女人，年龄、婚否不详，不算漂亮也说不上性感，但总是乐呵呵的，喜欢啃着水果看他们装车，口头禅是"你真是个英俊的男人，我不知道是否已经爱上你了"，说这话的时候喜欢拨弄他们的头发或者拍他们的脸。

隔着马路呼喊你的名字

"小徐,"我终于说(小徐是后打来电话的),"别说你和老姚之间的那点屁事了,我明天还得上班上学。我给你一个建议:下次女司机再来,你就跟车离开农场,趁前后都没车的时候把话跟她挑明,她要是答应了你就把生米做成熟饭,乡村公路边总有僻静地方的嘛!"

"哎呀我就是那样想的!可她拒绝我搭车。"

"那还说什么?她对老姚有意思了呀!"

"什么呀?她拒绝老姚比拒绝我还早呐!"

我大叫起来:"说了半天就这个?她就是为了在你们装车的时候吃水果呀!"挂了电话我才想到小徐在接近电话亭时一定和老姚打了个照面,两人煞有介事地在乡村的黑暗中对峙,为了一个只想吃水果的女司机。我没去农场真是太英明了!

黛米和朱丽娅之间出现了疏远的迹象。我回来时越来越多地碰上王志军陪着朱丽娅说话。显然,黛米的追求者又上门了。我知道她们迟早会到这一步的,除了爱情需要隐秘的空间外,还有性格上的原因:黛米比朱丽娅显得妩媚。比方说她是这样拒绝越南光棍的:"谢谢你能来,不过你不觉得我们不太相配吗?"越南光棍怯怯地问:"怎么不相配?""你当然知道。"她咯咯笑着把门关上了,害得越南光棍在门外来回走了好几趟。朱丽娅就不是这个风格,当黎巴嫩光棍问"我什么时候再来看你"时,她连拜拜都没说完就把门砰上了。她在走廊里"哼"的同时,黎巴嫩光棍在我窗下诅咒:"母狗!"从这些对照中我感到她们若总是待在一道,朱丽娅会比较吃亏。

尽管有王志军陪着,朱丽娅的情绪依然不高。在我做饭的时候,他们的对话有一搭没一搭的,几乎进行不下去。我不得不尽量把菜弄得好一些,并假装诚惶诚恐地让他们评判。几次之后,朱丽娅来了兴致,逢到我做饭时她还在一旁提出些烹饪的问题,甚至叫王志军学着点。她一边吃我的菜一边嘟囔道:"是得学会烧菜,来澳洲除了吃还有什么?都大半年了连舞都没跳过一次。"

"王志军!你还等什么?"我叫了起来,"快把你的破录音机搬出来呀!"

王志军居然有一盘中国带来的舞曲,他们在厨房里就着《绿岛小夜曲》跳了起来。王志军跳得有点怪,丝毫没有带动舞伴的意思,自己却忙碌地左右翻飞。朱丽娅终于在他肩头狠狠打了两下,"你这哪是跳舞呀?我都晕了!"王志军觍着脸说我和你感觉挺好的呀,来,再来。朱丽娅却坐下喝茶了。

我说:"朱丽娅,你还找老外干吗?干脆和王志军结婚得了,沟通没障碍,孩子也是纯中国血统,多好!再跳吧,我还得吃一会儿呐!"她嚷嚷起来:"美的你!吃饭还要人伴舞?什么时候王志军跳舞不像干农活了,我才考虑和他再跳!"王志军就上来拉她,"我什么时候跳舞像干农活了?来,你来跳!"

我笑岔了气,出国之后和同胞们在一起我还没这么开心过。

我估计那天跳舞之后王志军和朱丽娅之间发生了什么事。我累了,赶紧上床。迷糊之中听见黛米送走了客人,然后压低嗓门叫:"朱丽娅,朱丽娅!"

我惊醒,除了黛米疑惑的"咦",我们房子里一片寂静。

第二天黛米吞吞吐吐地要和我们商量事:眼下她有两个追求者,登门次数多的是一个土耳其人,在澳洲读了硕士,目前在电信公司工作,但土耳其人不喜欢澳洲,他保证能够在土耳其为黛米提

隔着马路呼喊你的名字

供比这里好得多的生活；另一个高个子是南非人，从种族隔离制度取消就来到这里，开一家咖啡馆，生意虽然一般他却发誓不回南非了。他晚上一般都在忙生意，所以迄今为止没和土耳其人撞车。黛米不知该怎么在二者之间抉择。

我们为黛米开了会，决定南非人更适合她。虽然南非人骨子里有种族歧视的思想，但留在澳洲才是对他进行思想改造的第一步；土耳其的生活可能比澳洲好，但那只是一面之词，毕竟没经过考察，而且，从头开始学习一门语言也不是件容易的事。大家都发表了意见，黛米却半天不做决定。王志军不耐烦了，吹着口哨进了自己的房间（他心烦意乱时总要吹口哨），随即又拉开房门，"朱丽娅，一会儿我有事跟你说。"

朱丽娅的脸顿时红得像块绸布，我因而断定他们头天肯定一夜春宵。黛米终于说："我就怕事情露馅，到头来鸡飞蛋打……"

朱丽娅赶紧站起来："嗨，需要帮忙你就说，我会为你打圆场的。王志军，什么事呀？"她故意摆出大大咧咧的样子，动作却因尴尬而变形。黛米不停地朝王志军的房门张望，显然想等他们出来继续讨论她的问题，我赶紧收拾餐桌，得为王志军和朱丽娅创造点条件，毕竟大家都压抑得那么久了。

"你说，朱丽娅会不会对我有什么看法？"黛米忽然压低了嗓门问，"她到现在还没有固定的追求者呢，可我……"

我要她别考虑太多，大家在一起不是住得挺好的嘛。

斯蒂夫被伊莎贝拉夫妇开掉了。那都怪他自己，他吃我做的菜吃出了兴趣，一连去了几家中国餐馆，然后郑重宣布我做的东西算不上是真正的中国菜，而鱿鱼卷才是中国菜的最高代表。"他们能让鱿鱼一段段卷得像我祖母的烫发！韦恩，你知道是怎么让它卷起来的？"我做着自己的食物，没好气地告诉他从一面交叉着切就能卷起来，但鱿鱼卷不能说是最好的中国菜。"这么简单？"他没听完我的话就去冰库拿出一片雪白的鱿鱼。

　　工作餐不能吃海鲜，这一点大家都知道。我赶紧说你最好别动海鲜，而鱿鱼就更动不得了，"炒鱿鱼"在中国话里就是解雇的意思，太不吉利了。

　　"法克你的中国迷信！我只是试试你说的对不对。是这样切还是这样切？"

　　我叫他别问我，我要做我的意大利面条。他说："你做的既不是意大利面条也不是中国面条！来吧，我们做一点真正的中国菜！"

　　我端着意大利面条出了厨房。斯蒂夫怎么干是他的事，我可不想犯这种低级的错误。其实那天我的意大利面条炒得不错，有火腿片、荷兰豆、白蘑菇，再撒上白胡椒面，香味扑鼻。两个酒鬼顺着味道就过来了："伙计，你吃的这个叫什么？你们怎么不把它作为'白送'？"大概是他们大大咧咧地说"白送"惊动了伊莎贝拉，她提着长裙匆匆朝厨房去，我想递个消息也来不及了。随即传来伊莎贝拉的叫声："斯蒂夫，你在吃什么？！……你知道这不仅仅是这里的规矩，所有的餐馆都是这样规定的！你自称在多家餐馆干过，你不会不知道这个！……我们没要求你做中国菜，要做中国菜有韦恩在这儿！"我端着盘子赶过去，这时斯蒂夫爆发出了"法克"——他正指着伊莎贝拉的鼻子大声"法克"，除了"法克"她的鱿鱼还要"法克"她本人。罗伯特和几个彪形大汉循声而至。

　　斯蒂夫在彪形大汉们的监视下换上自己的衣服。"韦恩，你想'法克'澳大利亚，你是对的，太应该'法克'了！我一直纳闷你干吗要到这个'法克'的国家来，实话跟你说：我现在最想去的地方就是中国！"说罢他把挎包朝背上一甩，如同慷慨赴死。

伊莎贝拉当即宣布我负责厨房，直至新厨师来上班。对这次提升我一点都高兴不起来，一是我只能应付"白送"，万一顾客点菜我肯定抓瞎；二是斯蒂夫虽然手艺不咋地，不过跟他在一起瞎扯还比较有意思。

但银行存款的增长速度令我眩晕。厨师的工资比帮手高了一半，而且天天上班！开始我还惦记着学校的出勤率，可转念一想，我难道放弃挣钱的机会去听一个中国人在英语国家说英语？对奥西·马斯特，我也有了更深刻的认识：不管这是一家机构还是一个人，我总得花钱，到时还得看钱说话！于是我就义无反顾了。有时我回到住处，他们的房门都关着。我赶紧洗了睡下，生怕他们出来找我说话。眼下他们和我忙的不是一回事。

好日子只持续两个星期，圣诞节就来临了。澳洲正是夏天，商店橱窗画上了皑皑白雪，气温却不依不饶地升到了四十一度。工厂开始放假，可我没有假期工资。保罗·帕契尼说四周的带薪假期是对过去一年工作的补偿，我说那我工作了两个月也该有几天该带薪的，他说不是这个算法，等开年了我作为正式职工就什么都有了。

我工资最高却还不是正式职工？！我当时真想一走了之，唯一令我留恋的是丽茜·约翰。那天她为告别宴会准备了热带风味的生鱼片和烤鸡——用炙烤过的石头埋在地下烤出来的，一个劲地问我好不好吃，似乎想以此对我的香烟做些补偿。可能是我当时过分专注于默诵那句颠扑不破的真理"天下乌鸦一般黑"，对她发出的去新西兰度假邀请竟没反应。丽茜收拾了罐子红着脸走了，我忽然发觉她十九岁的背影很美。

在餐厅，我担心的事很快就变成了现实：一位顾客点了牛排，我煎得很好，咸淡也合适。岂知他只吃了一口就嚷嚷着要退货，他说医生多次关照他不要吃盐。伊莎贝拉给他赔了半天笑脸，然后面色铁青地问我为什么要放盐。我说"白送"不是都放盐的嘛，"这不是'白送'！"她打断我，"这是一份正餐！"我不敢争辩因为我不能在四个星期里不挣钱。她的判决是：这份牛排钱必须从我的工资中扣除。我只能怪自己倒霉，连玛瑞德丝在内我已经遇到两个不吃盐的人了，这世上不吃盐的人统共能有几个呢？

王志军又在等我了，"你应该出面说说，因为你是这里的房东。她们以前在公派生那里可不是这样的！"

我正要洗澡，散发着汗酸味的T恤脱了一半，"怎么啦？"

"今天两个都来了！都在她们房间里！"

我瞪着王志军，努力搞清楚到底是怎么回事，这时她们房间里爆发出一阵哄笑。

"朱丽娅也掺和进去了！"

我说："朱丽娅答应帮黛米忙的。"

"哎呀她不是……"他急得甩手，"我还能不知道……"话没说完，房门开处四个人有说有笑地走了出去。王志军追到门口旋即又冲了回来："看到没？她和他们上了同一辆车！"

两个男人追求同一个女人，没打起来却有说有笑地上了同一辆车，还顺带捎走了另一个女人，我也被弄糊涂了，冲王志军干瞪眼。我想问他和朱丽娅到底到了哪一步，却开不了口，趁他扭头的工夫我钻进了卫生间。

第二天早上我被尿憋醒，朱丽娅在卫生间外拦住我，"老周，

隔着马路呼喊你的名字

请你和王志军说一声,叫他别那样,大家面子上都不好看。"

"……别哪样?"我愣住。王志军的房门洞开,可能是去送报纸了。

原来王志军头天晚上一直等到她们回来,并坚持要和朱丽娅单独谈谈,两人发生了争执。我赌咒发誓我什么都没听到,但朱丽娅还是不让我回去睡觉。"我和他的事你是知道的,明人不说暗话,我没和他当真。这不是在国内……你说对吗?再说谁受得了半夜听英语梦话?真是。"

我想笑,但我还没刷牙。"我原来觉得就那样也不错,可他弄得一点意思都没了。"她又说。

"可你不是还没……?"

"我会有的!那么多男人一个个眼睛都瞪得滚圆,我怕什么?"说完她径直回房间去了,留下我站在那里睡意全无。后来我终于找到机会向王志军转达朱丽娅的意思,那可真是件苦差事。以我对他的了解,朱丽娅十有八九就是他的第一个。我当然没提他说英语梦话的事,却找不到一个站得住的理由抵挡他连珠炮似的质问。最后是我失去了耐心:"你别朝我嚷嚷呀!你既然已经把她弄上了床,接下来都是你们之间的事,我夹在中间算什么?"他欲言又止,猛地撑住下巴做罗丹的"思想者"状。他和我怄起气来了!

令我困惑的是朱丽娅与黛米的两个追求者完全打成了一片。他们越来越多地同时出现,朱丽娅烧水冲咖啡,一点都没有见外的意思。等他们四人簇拥着出了门,王志军总要哼一声,我不敢接茬,他的脾性我知道得太清楚了,但我着实为朱丽娅担心:她这是在浪费青春呀!

黛米带着感激与歉疚煲汤给朱丽娅喝,还与她商量怎么把事情向土耳其人挑明。朱丽娅说："你别问我，我帮你已经够多的啦！"我走过去，她们尴尬地埋头喝汤。自从与公派生一家打过交道后，我就对汤抱有成见，而且对黛米公然玩火的做法很不以为然，所以我没理睬她们。我对汤的偏见一直持续至今，只要人家喝汤我就缄默不语。

朱丽娅的电话渐渐多了起来，并开始神秘失踪。有一次我下班回来，黛米竟然问我知不知道朱丽娅上哪儿去了。我故意问："怎么，他俩又一起来了？"黛米一愣，猛地转身回房间去。她的肩膀似乎在颤抖！

第二天早晨有人敲我的房门，我还没把身体遮住朱丽娅就推开了门："老周，我要搬走了。"说着把几张纸币放在我枕边。"这是什么？"我说，"你不能等我起来再说嘛？"天热，我的样子的确不雅。她说她等不及了，这点钱作为房租只多不少，她以后会到工厂跟我算的。这时窗下响起了汽车喇叭声，她立刻跑了出去。我伸头一看，来接朱丽娅的竟然是黛米的南非男友！朱丽娅扑过去他们亲吻得如同互相撕咬，朱丽娅的舌头伸出来老长而南非光棍的手就在她短袖圆领汗衫下此起彼伏。我目瞪口呆，等明白过来是怎么回事时，他们的汽车已经不见了踪影。

再见到黛米的时候她的眼睛还肿着。她想说什么，还没开口就啜泣起来。原来她已向土耳其小伙子摊牌，土耳其小伙子当下辞职离开了澳洲，这会儿早已到了伊斯坦布尔。我嗫嚅了半天不知该说什么，倒是王志军对朱丽娅的诅咒激发了黛米的热泪长流。

王志军主动承担起医治黛米心灵创伤的任务，买来冰砖一勺一勺地舀给黛米吃，而黛米病病歪歪的样子简直就成了林黛玉。几天之后黛米开始进固体食物，这才使她的体力恢复到刚够对朱丽娅的所作所为嗤之以鼻的程度：朱丽娅只会用拍、打、掐等手段迅速与男人打破界限，除此之外一无所长。黛米进而列举出南非人诸多缺点，"看着吧，最终搬起石头砸自己脚的是她自己！"

听起来黛米似乎是遵循中国的老规矩与异性交往的，我准备在对她同情中增加些尊敬的成分，但她和王志军进展迅速得令我措手不及。一个星期不到就出现了他们大热天紧闭房门的情况，我趁他们吃饭止香时说："我看你俩在一起就不错，沟通没障碍，有了孩子也是纯中国血统，多好！"这话我曾经对朱丽娅说过，黛米的回答却另辟蹊径："什么呀？我出国之前就准备好为改良人种贡献自己的一切了！"

我浑浑噩噩地回到房间，半晌不知自己身处何方，直到王志军悄悄地溜进来："你怎么可以那样说呢？以后我和她在一道多不自在？"

"……不自在？"我的声音如同耳语。

"是啊，挑明了反而尴尬！"

我的火到底冒了上来："你、你小子在这栋房子里连搞两个女人，你还尴尬？！"

他说："嗨！我以前不是憋了那么久嘛！"

我说不出话，挥手让他出去。谁都清楚自己要什么！整个澳洲大陆就剩下我一人不辨方向！

第六章：迷失的路

名片起了毛边，我为它弄了个透明塑料夹。当时我有点矛盾，既想再找人问，又觉得没多大意义，把它放进塑料夹更多是出于日后的考虑。那时正是圣诞期间,整个墨尔本被南半球的太阳烘烤成白花花的一片。烈日也起了一些作用,我已经不会为一个不知性别的人去冒患皮肤癌的危险了。我清楚地知道等城里重新挤满人的时候,我又必须忙着挣钱,就是说奥西·马斯特可能会成为一个梦,依稀记得却永远无法真切。

意识到这一点我并不悲哀,但我必须为自己出国的举动找到些许意义。我用分类法对我踏上这片大陆前后发生的事逐一分析:有一时情绪使然,也有生理反应,但大多属于生活必须,唯独奥西·马斯特,我很难把这张时时伴随我的名片归入其中任何一类。

要么,它是我的精神支柱?

可这张已经卷边的名片到底支撑了我什么?

这个问题我琢磨了很久,冲凉后我不用毛巾擦,而是张开四肢让身体自然干燥。夏天在墨尔本,衣物随洗随干,挂在室内也只需二十分钟左右。我每天洗好几把澡,关上水龙头我就举胳膊咧腿地思考奥西·马斯特的意义,可见这个问题的复杂性。

到下一个假期来临,其间发生的重大事件有:海湾战争、澳洲执政党工党发生内讧、餐厅换了四个厨师、丽茜·约翰又回了一趟新西兰看望她病重的父亲等。对我而言,丽茜回新西兰的事最为重要。看不到她吞云吐雾的劲头,登喜路香烟似乎都变了味,真邪了门了。

学校寄来警告,说我出勤率严重不足,如果我不到学校交下学期的学费他们就通知移民局。开始我紧张万分,反复研读后才品出了其中真味:原来学校是在卖签证!我用"X"和"法克"交替着骂他们(说实话,还是"X"使得上劲),同时下定决心学驾驶——

隔着马路呼喊你的名字

在这个学期结束前拿到驾照，然后让他们找不到我！

王志军劝我不必上正规驾校，就用他的破"斯巴鲁"趁天黑在门口转几圈，不出三天就能上路。我这时很清楚钱的重要性，但一旦签证过期，驾驶执照就是我唯一的身份证明，所以我必须考出来，还得尽快。我的解释使王志军想起了开车得有执照这回事，连忙翻出交通法规来看。"噢？原来是这样的！"他不时大叫一声，把我吓得心惊肉跳，一如他的英语梦话。

学了一阵子，我隐约觉出了王志军屡次考试通不过的原因：除了交通法规不熟外，他只要一坐上驾驶座就冒出无数与开车无关的动作：挠头、掸头皮屑、掏鼻孔、摇下玻璃把鼻屎弹出去、在窗外搓动手指以使其干燥、摇晃排挡（前面提到过，现在变本加厉）、颠左腿，等等。我说你这样开车不行，起码考试就通不过。大概是黛米坐在旁边的缘故，他说："你才开了几天？"随即扯开嗓子接着唱："北京城里哟呵哟呵哟——探亲人哪！"

难怪你在国内原单位得不到提拔。我想。

我一次就通过了考试，不料这却导致王志军做出了一个错误的决定：他带着一个信封去考试，里面塞了几百块钱，趁没人的时候递给考官。考官问："这是什么？"王志军回答："你一看就知道了。"考官看了没说话。王志军事后说他那天开得特别顺，一点都不紧张。路考结束，他喜滋滋地跟考官上楼，考官却当着他的面把信封交给了主管。做完笔录后他们放了王志军，让他回来等待以行贿罪对他的起诉。王志军回来边说边收拾行李，我问他准备去哪里，他半晌答不上来。澳洲所有的个人资料都是联网的，他今后只能打黑工了。我帮他抬行李，还把房屋定金还给了他，再三叮嘱他小心开车、多余的动作坚决戒除。黛米站在门廊里看着我们忙进忙出，脸上毫无表情，我知道王志军的第二次恋爱又结束了。看着"斯巴鲁"拖曳着夕阳渐行渐远，我忽然冒出一个想法：王志军在被资本主义改造的同时也在试图改造资本主义。且不管成功没成功，他无论如何也算条好汉！

王志军驱车一直行驶到黄金海岸，考了昆士兰州的驾驶执照，没过多久就当上了海滩救生员（我一直觉得他水性和我差不多的呀）。他叫我去玩，我后来还真去了，不过我没找到他的电话号码，在海滩上也没见他的身影。澳洲曾发生过在任总理下海游泳再也没上来的事，我真不敢朝鲨鱼那方面想。现在我知道王志军过得很好，比一般人好得多。我是从黛米那儿得到他的消息的。对，就是黛米，他俩后来的事足以写一部比迄今为止最离奇的小说还要离奇的故事。

丽茜·约翰回来了，是保罗·帕契尼打电话去新西兰把她招回来的。厂里一连接了好几个大订单，我们忙得不可开交。丽茜·约翰父亲的病情仍无好转，但她已身无分文，老板的电话无疑是雪中送炭。那时我已经买了一辆二手车，丽茜·约翰张开双臂叫道："哇！就是说我们有空可以去兜风了？"她爹病成那样她却首先想到和我去兜风，我觉得这有点过分，但考虑到她并不真的具有中国血统，我也不好说什么。"你是我的朋友，对吗？"她扳着我的肩膀问。我赶紧借点头的机会狠狠地亲了她几口，她没躲闪，弄得我一整天心猿意马。下班的时候，她钻进我的汽车，"我可以到你那里去吗？我两天没吃东西了。"

我不知自己是怎么把车开回去的。我不在乎请她吃顿饭，下馆子都行，但她的理由使我失去了前进方向。

隔着马路呼喊你的名字

黛米在等我商量空房间招租的事。她最近丢了工作，见我带了个洋妞回来以为招租问题已经解决，端茶倒水忙了好一阵子。等她明白了丽茜和我的关系，她怔怔地放下水壶，一言不发地回了房间。丽茜说："我不知道你有女朋友，要不我现在就离开？"我一面解释黛米不是我的女朋友，一面纳闷黛米为什么会有这种反应。我弄了几个菜，请黛米一起来吃，她躺在床上面对墙壁拒绝了。

丽茜·约翰胃口的确好，任何东西她都说好吃。然后我们喝酒，她絮絮叨叨地向我介绍她所有亲戚的婚姻状况。我听了一会儿就绕糊涂了，误以为她的一个堂姐和人家私奔了三次。她打我："你在嘲笑我的亲戚呢！她只私奔了两次！"

"好、好，两次、两次。"我笑着抵挡，但丽茜·约翰勇往直前，一下子就钻到了我眼皮底下。她的手停在我胸口，仰起头来，目光飘飘，面颊泛红，"韦恩……"

我没料到她来得这么快，而且她的手在我胸口摩挲出浑身燥热。我忽然意识到这是在厨房，而且黛米在家。我猛地站起来，头晕眼花。我说："干杯，欢迎你常来。"丽茜半天不知所措，喝完杯中的酒就懵懵懂懂朝外走。我想开车送她，她却在门口挡住："我自己回去。谢谢你，韦恩。真的很抱歉，我早该想到的。"没等我解释她就匆匆而去。我看着她上了大路，既有点后悔又觉得自己做得不错。

我犹豫了一下，推开黛米的房门。她还冲墙躺着。我还没想好怎么开口，她就说我一点都不考虑她的感受。我一愣，因为即使是在她同时带两个人来的时候我也没说过什么。她没等我回答又说："我的情况不一样，我当时是为了嫁人，而现在只有我们俩留在这房子里，你也太……"我伸头一看，她真的在流泪。我拉她起来，她只挣了一下就倒在我怀里抽抽搭搭哭出了声。好一会儿我才下决心吻她，而她的舌头已经等着我了。一阵手忙脚乱之后，娇小的黛米居然迸发出了近似于玛瑞德丝的惊天动地。

第二天上午，丽茜·约翰没抽我的烟，我跟她说话时她总看着别处。下午她竟然掏出香烟自己抽了起来。原来她向老板预支了半周工资。我故意说："你也给我一支呀！"她牵动一下嘴角算是对我笑过了，最终还是什么都没说。

黛米就不一样了。在随后的那些日子里我几乎没听到我们的电话响过，我回来时饭菜已基本就绪，最多只剩一道热炒等我掌勺。吃完饭她就去化妆，从敞开的房间里大声问："今天兜风换个地方吧？"我开车的时候她把手担在我的胳膊上，一到海滩她就非让我揽着她的腰不可。我不习惯这种亲昵，大家都心照不宣的事，何必装模作样呢？但我的身体不争气，兜风常常以我急不可耐地催她回去结束，然而还在路上时，她与南非人、土耳其人以及王志军的事又一幕幕在我眼前闪过。

那天回到住所，当她喃喃地重复我的名字时，我终于说："我实在搞不明白我们怎么就到了这一步。"她努力睁开眼睛，掩住胸口说："你……不想要？"

我从来没像那天那样深切地感受到自己的双重人格——精神和肉体完全各行其道。

厂里一连加班好几天，老板也加入了干活的行列。就这样他还嫌进度太慢，而我又不得不兼顾餐馆的工作。老板忍不住了："韦恩，你到底有什么事非得准时下班？我是按双倍工资付你加班费的！"我只好说我在上学。"就为了签证？"老板叫起来的时候真有一副意大利好嗓子,"你的英语比这个国家的很多人都好得多!明天我就为你申请工作签证!你如果早点告诉我,我早就为你办好了!"

其实每一个中国公民都比他更清楚工作签证的事:那必须是一个技术性极强的岗位,而且澳洲没人干得了。但保罗·帕契尼不相信:"我是纳税人,我想雇用谁不用他们管!韦恩,你放心,他们只要说一个'不'字我就和他们打官司,我的律师一直闲着呢!"

律师果然来了。他对工作签证的事比我们都清楚:"移民局肯定拒绝帕契尼先生为你提出的申请,但我们可以起诉,被驳回再上诉,一级级走完所有的司法程序起码得八年时间,在这期间你的滞留是合法的,而且他们必须给你工作许可。对你个人来说,这和工作签证是一个意思。"我说这不是一个意思:一个是理直气壮得到的,另一个是因为得不到而用法律程序拖延时间。律师瞪着我直眨眼,老板急了:"韦恩,你不想要我们的帮助?"

我忽然想起了奥西·马斯特,他们没准用的是同一招!我边掏名片边问:"你叫什么名字,律师先生?"

他不是奥西·马斯特,而且他对我珍藏的名片不屑一顾。"这主意谁都能想到,关键是解决不可预料问题的能力。是我们总让移民局头疼,而不是前移民局官员让我们头痛。说不定这个人就是因为输了官司而离开移民局的。"

"真有这个人吗?"

"我不这么认为。"

我傻眼了。奥西·马斯特被他们传来传去,最终扔回到我手里。保罗·帕契尼说:"韦恩,你能看出我是真的想帮助你,你到底怎么说?"

"听你的吧,"我说,"不过我估计我等不了八年。"

我可以放心打工了。但我一点都提不起劲来,就和小孩打碎万花筒却发现只有几片玻璃碴儿一样。

"虽然我们已经……那个了,但我不想用你的钱。你这样挣钱肯定有你的打算。男人是该有打算的……女人就无所谓了,而且女人不该问。我觉得你可以跟你们老板说说让我去上班,临时的也行,反正我成天待在家里也无聊,你不是加班就是干两份工。"黛米这样和我谈起了经济问题,如果这可以算做经济问题的话。我琢磨也对,她至少可以帮几个星期的忙,权当是我对保罗·帕契尼的报答。

不料一个上午黛米就赢得了除丽茜·约翰之外的所有人的好感。她不停地问这问那,带着谦和的微笑。保罗·帕契尼也注意她了,亲自回答她关于机械、电器方面的问题,好像他说的黛米全听得懂似的。直到午饭时黛米还在结结巴巴地找老板说话,我几次想告诉她这不是正式宴会,但保罗·帕契尼兴致很高,对黛米的用词不当也一笑置之。他可从来没这么宽容过。

丽茜·约翰独自坐在外面,她现在连星期一也没有午餐了。我大大咧咧地坐到她旁边,把一支烟放到她手里。她犹豫了一下才让我为她点着。"我要走了。"这是她很久以来和我说的第一句话。

"回新西兰?"

"不。"

"那你去哪儿?"

爆笑声从里面传出来。她说:"你是故意这样做的。"

我愣了一下,赶紧解释黛米是来帮忙的,而且她不是我的女朋友,以前不是现在也不是,请她无论如何相信我。

"她会待下去的……我得走。"丽茜扭过头去抹泪,其他人吃完午餐出来,见状面面相觑。我不能再说什么,只好一个劲地给她抽烟。休息结束时我低声对她说:"听我说,不要走,求你千万别走!"说着我把半盒烟塞给了她,连我自己都不知道那是什么意思。

"午餐时间已经结束了?"老板吃惊地说。在他套上工作服时,我见到了最令我吃惊的事。黛米指着他敞开的领口说:"裘皮。"

"你说什么?!"

"像裘皮一样。"黛米伸手在保罗·帕契尼的胸毛上拽了一下。老板大叫起来:"韦恩,中国女人都这样吗?"

我的脸顿时滚烫。

晚饭后,我一声不吭地出了门。离开城区后我的脚就没松开过油门,遇到路口我就朝背离城市的方向拐弯,直到彻底不辨东南西北。四下只有黑暗,不管朝哪个方向,车灯的光柱还在犹豫之中就被吞噬了。

我终于见到路边的求助电话,接线员说我此刻离市区170公里,叫我不要着急,他们会派车来带我回到大路。

我并没着急,黛米和丽茜·约翰在黑暗中轮番闪现,我想叫她们停下都办不到。黛米说"朱丽娅只会拍拍打打勾引男人,除此之外她还有什么"丽茜说"你是故意这样做的"黛米说"你……不想要"丽茜说"她会一直待下去的……我得走"黛米说"像裘皮一样"。她们令我眩晕。

我突然意识到我一直试图在黛米与丽茜·约翰之间做出选择。

可我没有选择的资格!

就是说我迷失的并不仅仅是回去的路。

黑暗顿时坚如磐石，颠扑不破。救援车出现时我差点没哭出来，工作人员朝我脸上照了半天，"Are you alright？"

第七章：幻象背后的真实

丽茜·约翰是对的，黛米留在了厂里。我和她打那晚之后再也没发生过什么，只有一次她坐到我床边，看了我许久，"唔？"

"什么？"我仍然看着电视。

"你不想……和我说点什么？"

"说什么？"

"你对我不满……"

"我没有权力。"我换了个台，MTV顿时鬼哭狼嚎。她猛地站起来走了，两天后她就搬了家。那时候又快到圣诞节了，我也没再考虑找人来分租的事。

我拿到四周的假期工资，比正常上班还多17%。等到大家都喜滋滋地从办公室出来后，我又进去向保罗·帕契尼提出辞职。他的反应竟是看着窗外愣神。"可是，我在为你申请工作签证呢！"他忽然扭头说。

我再次谢他，并真诚道歉。

"你找到那个奥西·马斯特了？"

我说"奥西"是澳大利亚的别称，"马斯特"是主人的意思。所以这个人未必存在，因为没人可以自称"澳洲的主人"。

这是我当时突然想到的回答，至今我仍为自己能在转瞬之间得出如此精辟的结论而自豪。当然，现在我知道它是长期思考的结

隔着马路呼喊你的名字

果，但当时连我自己都惊呆了。

"你的分析和律师的完全相同，"保罗·帕契尼连连点头，"看来你的确对姓名学有所研究。韦恩，实话跟你说，我估计到你要辞职的，原因也不用我明说了。感谢你为我的工厂所做的一切。"他和我握手，令我想起了我们的初次见面。

丽茜·约翰问我去哪儿，我说如果我在澳洲其他地方落脚的话一定与她联系。不料这番话引得她哭成了泪人，当众搂住我久久不放。此情此景令所有同事唏嘘不已，唯有黛米毫无表情，如同她看着王志军离开一样。

我驾车北上，没有任何目的，也不抱任何希望。沿途景色就在那样的心态下明丽起来，唯一的遗憾是我那辆车没空调。在阿德莱德买的磁带到那时才拆封，我和 Sinard Oconnor 一起在敞开的车窗里反复高唱"你无与伦比"，引得其他驾驶员纷纷侧目。听说她出家当了尼姑，我很为她惋惜，同时又相信她的选择完全正确。"Nothing compares, nothing compares to you——"我的吼叫既是为她，也为我自己。

我绕着澳洲转了一大圈，没想到在达尔文遇到了老姚。他已经黑得像个土著。我们对视良久，然后同时大叫"哎呀是你"。

老姚后来和小徐彻底闹翻了，小徐被他轰走，至今下落不明。他在农场待得实在没劲，抓住一家果品贸易公司考察生产基地的机会，自称他在中国有国营果品公司的渠道，跟着贸易公司来到这里。

"你不是搞小家电的吗？也有水果销售渠道？"

"我哪有呀？写信、打电话回去找呗！"我们坐在一家不起眼的中国餐馆里,他的眼睛已经喝红,"不过到底给我找到了!呵呵,他们现在为我申请工作签证呐!"

这世界很小,比这世界更小的是我们的选择。

"知道吗?要是没黑掉的话,我还有一绝招呢!"他打量四周,压低声音说,"在珀斯时情况不稳定,我没跟任何人说起过!"他掏出钱包,从大摞银行卡后面抽出一张名片。

我目瞪口呆。

又是一张奥西·马斯特的名片!

他的声音仿佛来自邃远:"现在我的问题解决了,你真的可以去试试。看这儿怎么说的?价格低到您难以置信!我估计不会超过一万,值呀!"

我一句话都没说,掏出我的那张放在桌上。两张一模一样的名片并排靠在芹菜炒鱿鱼旁。我只是在刹那间为塑料套感到羞愧。

第八章:谁丫奥西·马斯特

我回到国内,山河依旧,季节又颠倒了回来,只是烤烟型香烟开始有点抽不惯。

一封北京来信在家里等着我,信封已经泛黄。

是那个北京汉子写的,信中既有埋怨又充满恳求。他说自从与我分手后,他一直在等我的信。他相信即便再忙写一封信的工夫总是有的。

看着"刘有朋"的落款,我意识到自己犯下了大错,赶紧照着他留下的电话打过去。

他似乎很忙,人家叫了半天他才来:"喂,谁呀?"

隔着马路呼喊你的名字

我说我就是你给我奥西·马斯特名片的那个人。

"谁丫……奥西·马斯特？噢！想起来了、想起来了。怎么着，想起给我打电话了？可有不少日子了吧？"

我解释刚看到他的信。

"回来了？好，回来就好。哎呀要不是你给我打电话，我还真忘了这档子事儿。"电话那端大大咧咧的儿化京腔使我怀疑他是否就是颤抖着给我名片的那个人。

不管怎么说，我得感谢人家并道歉。

"有您这话就行！还是回来的好，不容易吧？"

看来已没有必要向他叙述我寻找的经过了，我说："显然你对这个问题已经有了全新的看法。刚才你说'谁丫奥西·马斯特'，这话太精彩了，我即使活到三百五十岁，临终前也得重复这句话！呵呵。"

电话那端沉寂了半天，终于传来他小心翼翼的声音："你说什么？你说你要活到三百五十岁？那可能吗？出国一趟把你出迂了兄弟！"

我从"兄弟"一词中听出他还是他，但他已经挂断了。

我拎着话筒重复他的话："谁丫奥西·马斯特？谁丫奥西·马斯特？"

"谁丫（儿）奥西·马斯特？"

我终于找到了调门。

紫金文库

2037，我的车停哪了

　　2037年夏至那天温差很大，郭翔早上出门的时候还套了件薄两用衫，这会儿在街边穿短袖还嫌热。他刚通过驾照考试。
　　没有一丝风，也没有太阳。他的头上是层层叠叠的高架路，从他的角度看上去有8层，天空只剩几个亮点，像星星。
　　城里人已习惯了看不到天，早二三十年时兴修地铁，结果把城市地下都掏空了，8层楼房每年以5厘米的速率沉降，20层楼房下沉竟达18厘米。郭翔的儿子是电梯维修工，一年忙到头，经常半夜被电话叫走——电梯停启错位总得立刻解决吧？！儿媳忍了两年，最后还是跟儿子离了婚。她哭着对郭翔老两口说："他没有过错，他是个好人，但我一年到头在家等他算什么事？到现在连个孩子也没有！"儿子至今仍然单着，而高架路又把城市裹了起来。
　　郭翔原先有过驾照，20年前被吊销了。他没出事，只是酒驾，之前他也酒驾过，还被查到多次，对扣分罚款并不陌生。但那次是在 2017 年，那年他们把交规改了。被带到交管局后，他还问这次罚多少？能不能刷卡？查他的交警说："钱你留着自己花吧。你的驾照被吊销啦！"他说："那我得过多久才能再参加考试？"交警一把把电脑屏幕转过来："多久？你自己看酒驾多少次了，啊？跟你明说吧，只要我还在这个岗位上，你就别想再拿驾照！"郭翔想问他多大了，但他虎着脸，郭翔也没敢开口，后来辗转打听到那个交警姓宋，年龄跟郭翔只差几个月。郭翔终于熬到了姓宋的退了休，赶紧把驾照考出来，虽然上下都打点过了，但考试的时候还是紧张。电脑就这点讨厌，人都忘记的事它还记得清清楚楚的。

新驾照是一张带照片的磁卡，跟以前的很不一样。61 岁的年龄去考驾照，连教练都问他为什么不买一辆自动行驶车。他支支吾吾也解释不清，让他们理解驾照对他意味着什么几乎是件不可能的事。郭翔拿第一本驾照时还是技校学生，没毕业单位就找上门来了，既会开车又会修车的人毕竟不多。驾照被吊销后，他修车修到退休，满身油污不说，还得听司机抱怨，而他们大多连把车倒到地沟上都做不到。

买辆什么车呢？修了一辈子车，郭翔清楚各种车的优缺点，一般来说 20 万以上的车都还说得过去。他不时在裤子上蹭掉驾照上的手汗，心想如果照片照得再年轻些，他可能会买 30 万以上的。他想起了近年流行的一种说法，"到死没花完的钱不是钱"。那，我到底买多少钱的车？

回到家，老伴给他盛了一碗冰镇绿豆汤，听他说考试的事。他喝完，老伴收了碗，他跟到厨房问："你喜欢什么车？"

"啊？"老伴一愣，随即整个脸都绽放了，"我们真要买车？"

"当然，干嘛不买？"

"是呀！你捣鼓了一辈子汽车，我都没坐过你开的车。"

郭翔赶紧列举她坐过两次的经过，她打断他："那不都是揩油吗？加起来不足半小时，你还好意思说？"

郭翔瘪了。老伴又说："那我把他们都叫回来吧，听听他们怎么说。你一会儿去买几个卤菜。"

女儿说他们一家都来，但儿子还是没空，只在电话里说买一辆自动行驶车吧。郭翔一把从老伴手里夺过电话嚷嚷开了："我开那玩意？那是小女孩开的！"

"爸，"儿子的口气很不耐烦，"那是因为你对新生事物从骨子里反感，我考虑的是既方便又安全。我挂了啊？这边正忙着呢。"

不料女儿甚至不同意他买车，"自动行驶车到处有租！你们用买车的钱周游世界不好吗？"郭翔说传统汽车快。"它能快到哪去？"女儿声音立刻就高了，"你真太落伍了！自动行驶车还有专用道，你说哪个快？"

女儿打小就敢跟他顶嘴，现在训他跟训自己儿子一样。事实上，她对自己的女儿惯得很，郭翔估计她女儿将来对她会像她现在对自己一样。老话怎么说的？棍棒底下出孝子。没错！

女婿见郭翔板着脸，说："这样吧，爸还是买一辆自动／传统两用车。爸有开车的瘾，不开很难受的。"

"什么？"女儿朝女婿叫起来，"他酒瘾犯了怎么办？"

"让车自动回家嘛。"

老伴问："两用车贵啵？"

女婿说："妈，爸，钱不是事。你们拿20万，剩下的我来，开心就好、开心就好。"

郭翔当初是不同意女儿跟他的，因为女婿金鱼眼，但他有钱，

隔着马路呼喊你的名字

女儿还是跟了他。大概女儿对他说过父母的态度，所以女婿处处讨好他们，渐渐地，郭翔发觉金鱼眼并没那么难看。

车买来了，上路39万8，女婿几乎出了一半。郭翔不好意思，一个劲说你们要用车随时来拿，我们就是转转看看，没正经事。

但停车出了问题。小区的容积率普遍在90%以上，所有车都停到高架路的支架里。那个像桥墩似的东西里面有好几十层，电梯和传送带昼夜不停地存车取车。停车场操作员说："大爷，您怎么也不事先问一声呢？附近几个车库早满了！"

"就没人退？"

"谁退？他们都是一下子付一百年的租金！"

"那我怎么办？"

"你只能停临时车库，车位不定，先到先停。"

"最近的临时车库在哪？"

"我帮您查查。哦，这个地方还有车位，不过有点远。"

"多远？"

"开过去大概45分钟。"

郭翔好一会没说话，那是不是应该先把老伴拉出去兜兜风？

老伴起先说明天吧，但没经得住他劝。他原打算带她去东郊风景区，可毕竟20年没开了，上路有点紧张。等他找到了当年的感觉，车已到了汤山。"啊，都汤山了？赶快回家，哎呦！"老伴急得拍腿。他却看着窗外说："我们到镇江吃晚饭。"

肴肉很好，鸭血粉丝汤的味道也不错。郭翔边吃边叫："服务员！有什么酒？"老伴使劲打他的手，"干嘛你、干嘛你？想坐牢啊？"

"不是有自动驾驶吗？"看着老伴着急的样子，郭翔笑了。

两用车的确方便，输入地址它就说话了："距离70公里，根据现在的路况，大约行驶1小时40分钟。""1小时40分钟！"郭翔叫了一声，随即打住，安静地转到后座。老伴问："怎么啦你？"他朝后座上一倒："让它自己慢慢开吧。"

　　不知道睡了多久，他被老伴摇醒，"起来吧你，要到了！"

　　"这是哪儿？"

　　"问你呀！"老伴气哼哼的，"你刚才呼打得比在家还响！好意思啊？"

　　快9点了，路上稍微清静了些，车的速度不算慢。这车真不错，要不是老伴还拉着脸，郭翔真能笑出声来。老伴下车时问："你把车停哪？"

　　"停车场嘛。"

　　"远不远？"

　　"不远。"

　　他等老伴进了家才开始搜索。离这里半小时车程的一个临时停车场有车位，他立刻在屏幕上点了一下。

　　临时停车场不如正规停车场高，也没有专人服务，窄窄的通道，你得一圈一圈开上去找车位。郭翔换到驾驶座上，亲自操盘。这个他熟，20年里他都在车间里开车。可空车位在哪呢？明明显示有呀。他转上去再转下来，左看右看，头都看晕了，终于发现了躲在角落里的车位。停好后他在车里坐了好一会，刚才转圈把酒劲转了上来，要不是老伴来电话，他可能又睡着了。

　　回到家，老伴已经睡了，嘟囔了几句什么他也没听清。

　　第二天他起得比平时晚，吃完早饭又想开车出去转，但他想不起车停哪了。地址在车子的导航仪上，他竟然没记。老伴问他为

隔着马路呼喊你的名字

什么心神不定,他说了实话,老伴就开始啰唆,弄得他根本无法回忆。两小时后他给交管局打电话,那边提示停车小票上有地址,但他没有小票,这引起了对方的疑惑。他们通过车牌查找了全市停车场录像,然后通知郭翔来交管局一趟。郭翔去了,一见面办事员就叫他拿驾照,随即宣布吊销驾照。郭翔叫起来:"我怎么啦?凭什么吊销我驾照?"办事员说:"你酒驾。"郭翔继续叫:"我买的两用车!它自己从镇江开回来的!"

"但你在停车场是自己开的,要看监控录像吗?"

郭翔没想到自己走出停车场时竟是那副模样。办事员平静地说:"你这辈子肯定不会再有驾照了。"

那辆只用过一次的车后来卖了20万元整,亏掉的全是女婿的钱。

汗　手

刘浩民以前根本没听过"汗手"这个词。他谈的第一个女朋友叫韩芳，就在大家夸他们般配时，韩芳跟他吹了。

"她说我……汗手。"他说。同事们都觉得不可思议，但他神情恍惚的样子使人无法再问。后来有人悟出来了：汗手就是紧张，这年头女孩放得开，忘情时谁能忍受毫无章法的湿漉漉的手？他们由此断定刘浩民和韩芳曾相当亲密，但没上过床。

技术部里大多是过来人，其中三人离过婚，仅大杨一人就离过两次。几天后，三个离过婚的围住刘浩民，大杨说："小刘，关键时刻不能肉，摸两下赶紧把事情办了，可你摸出汗了还摸，她不跟你吹跟谁吹？下次可得吸取教训！"

"我没有……"刘浩民脸涨得通红，"我就是汗手！"

"得了吧。你现在手上怎么没汗？"他们掰开他的手，"这个是干的！这个也是干的！"

隔着马路呼喊你的名字

刘浩民嘴巴张几下，竟没说出话来——他也在问自己同样的问题。

从那以后，刘浩民又谈过好几个，朋友介绍的、父母同事的孩子、"都市红娘"收一百包见三十个的，都比韩芳差得远。有两个稍稍有点韩芳的意思，偏偏他手心又冒汗了，越想越冒，整个手掌像浸过水一般。她们见他扭捏，主动挽住他，又猛地缩回去，"你怎么？！"

不用说，再打电话就约不出来了。那个万小姐心直口快，"小刘，你人不错，真的，但婚姻不是一天两天的事，一旦定下来，有些东西我就得承受一辈子，你说对不对？"

一晃刘浩民过了三十，妹妹的小孩已在幼儿园上中班。母亲急得跟什么似的，到处托人，她求人的方式渐渐变成了诉苦："光听说汗脚的，怎么我偏偏摊上个汗手的？"刘浩民听到这话，立时吼了起来："汗手怎么啦？这又不是错，干吗说成那样？今天我把话说清楚，我的事不要你们管！"居委会老太赶紧告辞，母亲气得回房间抹了半天泪。

家里饭桌上的话少了。刘浩民看新闻联播时，父母一言不发，等他一进小房间，他们赶紧换到连续剧，随即嘀咕起来，像是憋了很久。

这些话刘浩民都听见了，他也没法。谁愿意每天晚上都在家待着呢？交往过的女孩在台灯下隐现，尤其是韩芳的笑脸。等他回过神来，手心里总是一层汗。

"我怎么就迈不过这道坎呢？"

大杨又恋爱了，打电话、发微信忙个不歇。偏偏他负责的一家外地企业设备出了问题，电话一个劲地打到他手机上。对方是个女的，差点搅了他的局。大杨给了她一通长途臭骂，人家立刻把电话打给了经理。

"我跟他们解释了！"第二天大杨对着经理叫，"她笨得像猪，而且他们那里没有一个明白人！"

"全世界就你一个明白人！"经理也在咆哮。

刘浩民怯怯地说："要不……我去？"

整个技术部都瞪着他。"对！就让小刘去！"大杨气呼呼地说，"都该去那里感受一下！"

技术部的人成天朝外跑，但刘浩民的客户都在本地，主要是因为他办事肉，怕他不能独当一面。大杨的话没错，第二天刘浩民就尝到了厉害。其实他头晚上就到了，可看门老头一问三不知，他找便宜的旅店就花了一个多小时。隔壁进进出出都是野鸳鸯，一拨走了一拨来，动静清楚得像是能看到一样，到后半夜才算清静了，他却口干舌燥地到处找水喝。

第二天，他醒晚了，匆匆赶到那单位，上上下下的人都瞪着他。"你们公司没倒闭呀？"一个打扮艳俗的姑娘说，显然就是把大杨气得乱跳的那个。刘浩民不敢接茬，赶紧检修设备。

是程序被他们弄乱了，没到中午刘浩民就完成了调试归位。

"好了？"那姑娘斜着眼看他。

"好了。"

"到底是什么问题？"

"你们把程序弄乱了。"

"怎么又是我们的事？"她叫了起来，"我跟你说，程序要是乱了也是你们设备的问题！"刘浩民想解释，但她根本不让他说句完整话。其他人见问题已经解决，纷纷吃饭去了，那姑娘却没有休战的意思，既不倒水也不叫他休息。刘浩民忍饥挨饿跟她解释。等到其他人重新上班时，他们还在翻来覆去说同样的话。

他走出来的时候，几乎没人理他，这跟在省城上门服务简直不能比。他就近找家拉面店，一碗下肚只出了点汗。"再来一碗！"他叫，随即愣住。那个姑娘站在门口，直直地瞪着他。

面条是同时上来的。她只吃了半碗就放下筷子，抓紧描眉画眼。付钱时她倒是客气了一下，听说没发票又缩了回去。

"按说该我们请你，"她看着刘浩民付了钱，"但我们单位没食堂，再说你们设备的质量的确不咋的。"

"哎呀！我说了多少遍了，设备是好的！你看我换一个零件了吗？就是使用不当的问题。"

"那不就是我的责任了吗？我负责照管这些设备！"

刘浩民看着她描画过分的眼圈想，不是你的责任才怪。

"我一人管几台设备，你们的设备设计上就跟其他公司的不一样，谁弄得清哪对哪呀？"她避开他的眼睛。刘浩民想起了大杨对她的评价。

刘浩民回来，大杨笑得合不拢嘴，"这下好了，呵呵，小刘也可以出差了，呵呵。"

"怎么，你要退休？"经理说。

"退休干吗？我准备度蜜月呀！"大杨一点都不尴尬，忙不迭发微信去了。

大杨的蜜月是婚假加五一长假再加调休，给人的感觉是再也不回来了。技术部又招了新人，刘浩民改跑外地。设备故障总是那些，各地招待厚薄不均，但没人知道他还是单身，更没人知道他是因为汗手而单身，他多了一份自在。

大杨蜜月结束来上班，正赶上刘浩民要出门。大杨一脸坏笑："套子你备好没？小地方小姐便宜，你可别图一时痛快而毁了自己一生呀！"

"去你的！"刘浩民抢过喜糖出了门。

旅馆里的那点花头他已见多了，但他没试过，两个素不相识的人一见面就做那事，他无法接受。

进入黄梅天，设备故障率特别高，刘浩民东奔西跑如同消防队。一天，他在外地接到一个自称小孟的电话，声音压得极低，好半天刘浩民才弄明白她就是那个打扮过分的姑娘。

"能麻烦你来一趟吗？你悄悄来，别让人知道，所有费用我出。"

她的话让他吃惊。当时他离她只有几十公里。"我负责的设备全趴下了，弄不好我就要被辞退，"她带着哭腔说，"求你帮个忙吧。"

原来如此。刘浩民想起了上次的遭遇，把到嘴边的话咽了回去。

他赶过去，小孟为他订好了旅馆，一见面就请他吃饭。刘浩民忙了一天，正饥肠辘辘，又要酒又要菜，吃得狼吞虎咽。小孟没一点胃口，心神不定地等他扫光了几个盘子，说："不知道公司里的人走光没，我得先进去看看，你在大门外等一下。"

"这么严重？"

她没说话，很不是滋味地看了他一眼。刘浩民忽然觉得自己过分了。

除了看门老头谁都不在，他们一声不吭地进了办公室。这个季节的故障都差不多，刘浩民把机器打开，用电吹风吹了一会，再试

隔着马路呼喊你的名字

一下。

"好了。"

"这就好了？"

"是啊，一上班就得把机器开着，晚上最好不断电。"刘浩民的脸直发烫，"我帮你把其他设备也看看吧。"

她愣了半天，"就是说你事先知道是这个问题。"

他不敢抬头，"故障谁都说不定……"

"可你带着电吹风，你们以前从来没带过！"

"你又要吵架？我是专门赶来的！"

她瘪了。

其他设备刘浩民不熟，七捣鼓八捣鼓弄到将近十点，总算都能正常运行了。小孟松了口气，愧疚地说："你，饿了吧？"

"我请你吧。你刚才没吃东西。"

她瞪了他半天才点头。刘浩民发觉她不化妆比化妆好看。

这回轮到她胃口大开，刘浩民看着她吃。她忽然不好意思起来，两个人都笑了。

步行回旅馆时，他们知道了彼此都是单身。她说："你有技术，人又厚道，怎么到现在还没结婚？"

他欲言又止，最终还是说了实话："我汗手。"

"汗手？"

他在昏暗的路灯下把手掌摊给她看，但手心只有一点汗。

"就这……？"

"以前比这厉害得多。"

她默默地跟他到了旅馆门口，不知在考虑什么。他说："你明天一早给我们经理打个电话，他肯定叫我顺路过来，我的路费就可以回去报销了。"

"啊?"

"旅馆费我就自己出吧,以后找个机会报。"

"那怎么行?是我请你来的。"

"我们的效益不错,再说还有出差补贴。"

"可是,车票上的日期不对呀!"

"哪有人管那么多,反正都在路上。"

她过了一会儿才说:"你先头说的是我听到的最离奇的事,我是说汗手,她们要是就为这个跟你分手,那太不值了。"她的神情难以捉摸,刘浩民不敢请她上去坐。她走后他看着自己的手心道:"嘿,今天怎么偏偏就不出汗呢?"

第二天,他还在洗漱,她就到了,经理的电话就在这时打来,叫他火速赶往他现在所在的地方,并要他立刻通知小孟。"你该把你的电话留给客户,而不是让他们为这点屁事找我!"经理气恼地说。

刘浩民用毛巾捂着嘴记录,小孟一看他是在写自己的名字和号码,"扑哧"笑喷了。刘浩民赶紧挂断电话,俩人笑得前仰后合。

小孟要去上班了,刘浩民要她中午过来一起吃饭。

"那你一上午干什么?"

"我……等你。"

她一句话没说就走了,脸红得像一块布。

她到底答没答应?我不会太冒失吧?刘浩民在小小的房间里踱来踱去,满脑子都是她匆匆离开的样子。她会回来吗?白天没有电话骚扰,隔壁也死一般的寂静,后来他才发现自己手是干的,而过去交往过的姑娘一个都想不起来。

终于响起了敲门声,她红着脸站在门口。

隔着马路呼喊你的名字

"你……？"

"唔？"

她朝他的手看。

"没有。你看。"

"为什么？"

"不知道。"

"因为我们是从吵架开始的。"

刘浩民半天说不出话来。她的脸又红了。

"进来吧。"刘浩民扶住她的肩，她迟疑一下，随即一切都乱了套。事后他尴尬得不知该干什么，她却幽幽地说："昨天我就知道你说的是真的。你想叫我上来，却不敢开口。"

"我说的什么？"

"你汗手呀！就是紧张。"

刘浩民此刻正汗流如注，赶紧看自己的掌心。嗬，没有一点汗！

回来后，刘浩民成天打电话、发微信。大杨他们开始笑他："说不定外地人不计较汗手，到底你是大城市户口呢！"

"什么呀？我早就不汗手了！"

"你不汗手了？"经理说，"那你也该结婚了？"

"我正要跟你说，我准备国庆节请婚假。"

"好、好。"经理随口道，又忽然叫起来，"啊？国庆节？那不又得招人了吗？"

经理一走，他们都围上来问长问短。刘浩民笑而不答，举着摊平的手掌在他们面前晃。

紫金文库

让你想我一下下

剩男剩女越来越多，但他们都不明白自己怎么就剩了。问卷调查显示剩男剩女中绝大多数有过性经验，这很令人困惑，对他们的父母来说更是如此："原先那谁不是挺好的吗？小毛病谁没有？过日子就是互相担待！"这话明摆着是马后炮，"那谁"早已有了人甚至有了孩子，剩男剩女的反应可想而知，所以调查也显示剩男剩女们经常跟父母吵架。

另一项统计结果通常被忽视——剩男剩女大多是行业中的佼佼者。这很好解释，剩男剩女们把别人花前月下、男欢女爱的时间用在了学习或钻研业务上，刻苦努力在导致他们事业有成的同时也导致了他们的剩。有一种连带现象值得回味：剩男剩女一般不会和早恋早婚者成为挚友。

丁卫达的现状完全符合上述各点：有多次恋爱经历，与其中两位上过床但并没沉溺太深，现在最怕跟爸妈说话，工作稳定，

隔着马路呼喊你的名字

精通业务，自己有房，还有，他对自己怎么到了这一步真的很莫名其妙。

爸妈三天两头朝他这边跑，低声下气地问这几天有什么进展。丁卫达嗓门顿时高了：我都不急你们急什么？真是的，你们不是大前天才问过吗？爸妈不敢接茬，看着开始显旧的装潢叹气。买这两居室的房子他们出了大头，装潢那两个月他们还天天过来监工。

把爸妈轰走，丁卫达还要气半天，只有到半夜睡不着时才觉着如果有个女人在身边，今夜一定是个不一样的夜。

单位里女孩子从来没断过，以前聚会少不了他，大家一起喝酒、傻笑、唱卡拉OK。那几年结婚的人很多，丁卫达随礼都不知随了多少，现在结婚的更多，邀他参加婚礼的却少了。最近几年新人到办公室发喜糖时，总是先到他跟前："丁老师，这是我的喜糖。"要是个女的，还带着点羞怯，但转身立刻跟其他同事打情骂俏。丁卫达心里很不是味，他已经被归类，哪一类他说不清，反正不是年轻未婚的那类。

后来爸妈一个劲地劝他去参加相亲会，他发火他们还劝。在他看来，向陌生的异性推销自己无异于一见面就提出上床的要求，他是做这种事的人吗？爸妈停了一阵子，他以为他们又在琢磨什么新花样，他们却拿来一本资料，女方年龄、身高、学历、工作性质、兴趣爱好以及对对方的要求，再就是电话或QQ。天哪，他们不知背着他去了多少次了！他们羞怯地说还有很多二维码，但他们不知怎么用。丁卫达又愧又恼，就是说他的资料也是满天飞，但他那天没发作，很久以来爸妈第一次笑容满面地走了。

接下来，爸妈就天天打电话来问他今天联系了几位，他又毛了："哎呀知道啦！我哪有时间？好了你们不要烦！"那天妈一人来了，脸色很难看："你爸为抄这些资料，把那副水晶镜片的老花镜都摔碎了，你这么大的人了，也该体谅体谅我们的心情吧？"

"妈！你们肯定也把我的资料发出去了对不对？那就等着呗。"

"但人家都是有照片的，你的资料上没有！因为你的照片不如你人，还显老……"

"我是显老，"他打断妈，"你们把我生成这样，怨谁？我都一直忍着没说！"

"你现在怎么总是这样说话？"妈说，"太不近人情了！你知道吗，你爸给你气得都不想过问你的事了！"

"不问正好！你也别问！我都烦死了！"

妈气得发抖，"好！我从此不再过问！真不晓得你哪来的这个驴脾气！"她摔门而去，此后两个星期没露面。

那两个星期丁卫达过得很不舒心，胃口也受了影响，吃啥都不香。他以为爸妈会随时来，下班后总要看看家里是不是显得太凌乱，但他们就是不露面。在第二周周五晚上，他站在窗口大声说："好吧，这有什么？"随即把大灯全部关掉。剩男剩女大概都这样，你过问他嫌烦，你不问他又抱怨，很难伺候。

他在台灯下第一次打开那本资料，爸的字变形厉害，估计是拿在手上抄的缘故。他看了一会，发现女青年的名字都很直白，不管是真名还是网名，精明、憨厚、傻甜、女汉，一个个都被标明了，比如叫"淑珍"的不会太有文化，一看果然是仓库保管员；又比如叫"甜甜"的块头应该不大，的确，她身高只有 1 米 52。忽然他看到一个叫"冰上独舞"的，好熟的网名，却想不起来在哪见过。"冰上独舞，未婚，知识分子家庭出身，本人学历硕士，国有企业管理人员。"他赶紧打开微信，但没有叫这个名的，再打开 QQ，查

隔着马路呼喊你的名字

到同事圈,他愣住了,童静!

童静现任公司财务副经理,是和丁卫达同一年到公司工作的,她是硕士,比他大三岁。她也和大家一起玩过,但不活跃,据说她父亲是著名学者,母亲是省政协干部。大家对她都不敢有想法,那门槛实在太高。她也剩到了今天?难以置信,却是事实。

他在电脑里找自己的照片,挑来挑去弄到很晚,又犹豫半天,一咬牙才发给了她,此后其他人的资料就看不下去了。童静没回复。那一夜,他电脑没关。

周六中午丁卫达正要吃饭,电脑"叮咚"一声让他从饭桌上飞了起来。真是童静!但只有一个问号。

他打字、删除,不知反复了多少遍,发送后才发觉已过了一点半!就是这几个字用了他两个钟头的时间:

让你想我一下下!

他把饭菜端到电脑跟前,眼睛片刻没离开过屏幕。

没有下文,整个周末都没有。"我都做了些什么呀?太没档次了!"他自责、痛悔,把自己翻来覆去地骂。临近周日午夜,他决定明天去跟童静道歉。

童静和往常一样,单独在食堂角落里吃饭,丁卫达径直走过去,她愣住了。

"我能坐这儿吗?"

"唔。"她仍是不知所措的样子。

丁卫达在对面坐下,却不知怎么开口,只好埋头刨饭。童静终于放下筷子,掏出餐巾纸擦嘴。他赶紧说:"我可能得罪了你,请原谅。"

她看得他心慌。

"请别介意，我只是开个玩笑。"

"玩笑？"她猛地站起来，"玩笑我介什么意吗？"

"不、不，我是真想……"

"唔？"

"真想和你接触。"

她站着看他，端着食堂的餐盘。就在他又要开口时，她坐下了："知道吗？我比你大三岁。"

"这……"他有点措手不及，"这有什么？"

"真的？"

"当然！"

"唔。"她垂下眼睛，"我先走了。"

当晚丁卫达就约了她，然而文化教养又在这时捣乱——他们都明白彼此的心思却无法捅破那层纸，话题扯得比古代更遥远，第一天如此，第二天、第三天也一样。

第四天在茶座，他们坐在同一侧。丁卫达正大谈外国企业管理的先进理念，童静打断了他："你的知识面的确很广，但你知道我最喜欢你说的哪一句话？"

"哪一句？"

"让你想我一下下。"说着，她把手放在他腿上。

他们在茶座里吻得天昏地暗，然后丁卫达送她回家，十指相扣，直接上了楼。

童静的房子跟他的差不多大，但装潢更讲究。反正不管在哪边过夜，丁卫达都睡得很踏实。

双方父母都没意见，只催他们办婚事。他们对父母说的都一样："哎呀，你们急什么急吗？"

隔着马路呼喊你的名字

他们父母的回答也一样:"怎么不急?这个年龄还不抓紧把孩子生了?"

那晚丁卫达贴在童静耳边问:"你说我们要不要孩子呢?"

"你说呢?"

"有你就够了。来,让你想我一下下。"

他知道这又将是一个踏实的夜。

如此我们无比幸福

我们一家正吃着饭,他们来了,都是邻居,经常在楼道里碰面,点个头或道声好,姓什么、干什么都不知道。该不是我儿子又闯了祸吧?我瞥了他一眼,但他也好奇地看着这群人,没有丝毫紧张或歉疚。

"都进来吧,楼道里有蚊子。"我说,"出了什么事?"

第一个进来的那位就住我楼上,我与他打过交道,为他家双胞胎儿子周末一大早起来疯,天花板"咚咚咚"地敲在我脑神经上。

"是这样的,"我头顶上的那位清了清嗓子,"我们的土地证要到期了。"

"啊?什么时候?"

"下个月。"

"下个月?"我声音低得连自己都听不清,他却听清了,"真是下个月,你把土地证拿出来看嘛。"然后扬着下巴等我去找土地证。

隔着马路呼喊你的名字

我说:"先说事吧。我们要不要续费?"

"怎么可能不续费?哪怕你明天就搬走也得把它拿手上呀,现在是什么行情?"

"那,我们能干什么?"

他们的想法让我目瞪口呆:先续费,然后把这幢楼拆了重建。

"土地证是跟房子走的,这房子都七十年了,万一哪天塌了,几代人的辛劳都打了水漂。我们不等它成危房就重建,那它不就永远是我们的?就七十年续一次费嘛。"

我好一会才说:"他们能让我们翻建?"

"哎呀哪家装修不跟翻建似的?除了收钱哪有人过问?"

"可是,装修是在房子里面进行的,"我说,"再怎么装大楼还在,可你刚才说要把大楼整个拆了呀!"

"所以我们来跟你商量。"

他们齐刷刷地瞪着我,有好几位还张着嘴。

尽管房产证、土地证一直在家,我也只是第三次见。它们的封皮粘在了一道,我费了好大工夫才把它们扯开。不用计较它们是什么材料做的,时间熔化一切。

房子是我爷爷买的,时间是 1998 年。发票还在,字迹已模糊,我仔细看了半天,还是不能辨认单价是 2500 元还是 2800 元,反正不到现在的 1/60,看来他们的提议真值得考虑。第一次变更户主姓名是 2045 年,那年我爷爷去世,而我父亲刚从监狱里放出来,没有工作,单身一人。他原先是一家超市的财务经理,为了追店里的一个漂亮收银员大肆捞钱,案发时贪污金额达 1003 万元。爷爷去世不久,我父亲就结了婚,想来也是房子的功劳,但他跟母亲不合,经常怄气,我还很小他就走了。我记得他临终前对母亲说:"你是肯定要再婚的，但房子务必留给儿子。"那是我第一次见到两证。

在等我长大期间，母亲显得很不耐烦，当然我也给她惹了不少麻烦。她再婚前把两证摔在我面前，"你拿好了！我受你们父子的罪算是到头了！"我只瞄了一眼就把它们塞进柜子抽屉里。后来我交女朋友一直顺利，我不是说她们都是冲着这套老房子来的，但有房子就是方便，与房子的新旧无关。

两证封皮粘手，我意识到我家祖孙三代就是由它们粘起来的。如果我儿子将来也挣不到买房钱，那就是四代。

从此，我们就开始每天晚饭后在楼下聚了，楼房翻建是大家的事，少一人都不行，但我对门的老头不愿露面。那天我去叫他，敲了半天门，他只开了一条缝，听完后说："就你们？"随即关上了门。我又敲，他隔着门问："还有什么事？"我说："你得表个态呀，你要是不同意，我们还有什么讨论头？"他又把门开一条缝，侧着脑袋打量我。"你们要来真的？"

"当然。"

"那你们讨论吧。"

"你不反对？"

"讨论结果出来自然就明白了，大家都不是小孩。"他又把门关上了，害得我站在楼梯口琢磨半天他到底什么意思。

楼内的居民彼此都认识了。事关重大，大家从不客套，每次都直奔主题。翻建各环节的费用已经被我们摸清，人工费占了大头，但总费用低得惊人。大家兴奋得说话都压低了声并相互发誓严守秘密。如果翻建成功，我们完全可以成立公司，专接此类工程。能不能从此掌握自己的命运不好说，过上体面的生活肯定不成问题。

问题是翻建需要时间，我们分别找了最有效率的拆迁队和建筑队，建筑队建议我们用预制板，费用只多20来万，却缩短了一个月的工期，但拆除和清运渣土快不起来，怎么着也得十几天。说实在的，我们不敢冒这险，万一被主管部门发现，房子和刚续交的土地费会瞬间化为乌有，这幢楼里三分之一的人就得露宿街头。想到这一点大家都很愤怒，合法的房产不能由业主在倒塌前自行翻建，凭什么？但谁都知道不能找主管部门理论，我们只好捶胸顿足，仰天长叹。

在一个来月的时间里，我们各自去续了费。收费大厅人多人少全凭运气，但有一点大家的感受是一样的：续费之后再看我们这栋楼，都觉得不值刚缴的钱。

那天我在楼道里遇到对门老头，我随口说："续费了吗？可不少钱呢！"我是没话找话，他却拦下了我："翻建工作讨论到哪一步了？"

我不喜欢他绷着的笑，没好气地说："完成了，就等实施。"

"唔？"他一愣，"划算过来了？"

"什么划算过来了？你说成本？那太便宜啦！"

"真的？那什么时候付诸实施？"

"付诸实施"四个字让我觉得他是个有文化的人，我只好以实情相告。

"就是说，只是施工时间的问题？"

"是的，谁都不能保证十几二十天不被发现。"

他看着我，又像看着别处："那，一天呢？"

"什么？"

"能不能保证一天之内不被发现？"

"你、你开玩笑吧？"

他说可以采用包装爆破的方法——用缆网与强化塑料膜把大楼包住,爆破后用起重机吊着网纲,一网就是一车,三个小时就能完成清运,然后预制板按编号进入现场,随到随装,都是些拧螺丝的活,估计能赶在天亮前完成,争取让周边居民醒来时以为还是那幢楼。

"真的?你怎么不早说!"

他缓缓点头。

最近晚饭后出来的人少了,估计很多人都觉得这事没戏。我和我头顶上的挨家挨户把大家叫出来,我先说了对门老头的设想,其中有些环节我也解释不清,不得已再上楼把他请下来,他又把对我说的话重复一遍。

"可是我们凭什么相信你?这听上去太离谱了!"

"我在东大建筑系读的本科,后来读了同济材料力学硕士,又去清华读了民用爆破博士,要看文凭吗?"

"文凭等会看,但你怎么会住到我们这种地方来?"

他过了好一会才回答:"我以前是建筑学院副院长,后来在招生中出了点事……"

"开除公职了?"

我替问这话的邻居脸红,却不能说什么,他低着头没吱声。我头顶上的赶紧提问以转移话题,这招果然奏效,一个接一个的问题引得他滔滔不绝、口若悬河。大家都被他的渊博和气度惊呆了,竟冷场了好一会。他环视我们,一声不吭地上楼去了,我们中的好几个不明就里也开始回家。我和我头顶上的急了,赶紧拽住他们,我说:"事情到了这一步,大家都表个态。做,我们就一步步实施;不做,就不必天天下来喂蚊子了。现在就决定吧。"

隔着马路呼喊你的名字

"但他是贪官啊！"405住户压低嗓子说，"我们怎么能信他？"

我头顶上的说："他凭什么贪的？还不是能办事才有人求他？我还想贪哪，可没那本事！再说这翻建的事大家都参与，他能怎么样？"

"可是，要是仍然被发现了呢？"

"那，活该我们倒霉。其实坐等房子坍塌也一样，'轰'的一声就没了，想发牢骚都找不到地方。"

"哎，我们买保险嘛！那不就安全了？"

我说："我就是卖保险的，如果有保险公司接受这房子投保，那一定是骗钱的。所有免责条款中都有一条：不可抗拒力。你想啊，房子突然坍塌的原因是什么？——时间。时间是一种不可抗拒力，所以你根本不可能向保险公司索赔。"

"那……我们真要自己动手？"大家互相打量，然后有人举起了手，眼看举手的人越来越多，"等一下、等一下！"我说着就朝楼上跑。上楼时我绊了一跤，楼梯被撞掉一大块水泥，可想而知我有多疼。老头下来后，大家全体举手，举了很久。看到好几个人眼里亮晶晶的，我也想哭。

大家推举我对门的、我头顶上的和我为负责人。我们三人分别姓鲍、过、盖。我实在没什么本事，正推辞时405的邻居说："我们看中的只是你的姓，'爆过盖'，正是我们要做的事呀！"大家笑得我很尴尬。

教授做事就是跟我们不一样，我们原先谈好的价格他认为太低，因为他对各个环节都有更高的要求，比如用多少辆车才能使施工不间断又不堵车，又比如预制板要严格按现在的颜色进行喷绘，包括裂缝的形状和小孩随意的涂抹。二单元楼道墙上有两行字：

"吴小莉我想和你困觉／2035年4月春天来了"。我觉得让预制板厂喷这个有点说不过去，但鲍教授坚持要喷。"每一处陈迹都可能是我们的救命稻草。"他说。我们按他的要求再去跟人家谈价格，一下子多出了600多万，他却连声称好，说比预计的还低。他还把行动的那一天命名为"最长的一天"。我记得那是历史上的一场战役，是哪年来着？

这一天终于来到。整个大楼从早上开始搬家，我们联系了几乎所有的搬家公司以错开时间，他们的任务是拉着家具找地方停着或在绕城公路上转，等待下一步通知，一天4000元（以24小时计，不足24小时算一天）；爆破公司立刻来打洞、穿索、填药，据说他们能将爆破精确到一根发丝；日头偏西时，大楼被强化塑料薄膜整体覆盖，看上去像一盒大大的糕点。

那天是农历六月十六，这日子也是鲍教授选定的。他说月光可以掩盖施工的照明，而六月十六的月亮没什么人看。

爆破定在18:15，正是吃饭的点，可以想见附近居民刚上餐桌，筷子调羹你追我赶，所有的注意力都在碗里。事实上爆破也没多大动静，我看见大楼抖了一下，然后就摊成一堆，没有一点烟尘。吊车的动静倒是不小，好在天热，家家门窗紧闭，没人出来张望。

清运还是比鲍教授的预估慢了，因为有两辆渣土车被拦下检查，幸亏老司机都善于撒谎，半夜的交警也困了，没死命追究，但我们的计划被打乱了。这个天一般4:30左右天亮，2:00时我们还在清理渣土。想必各位都知道，越穷的人起得越早，上了岁数就更是如此，我们周边住的都是些穷人，他们绝不会看着一幢楼在眼前玩"没有了、又有了"的把戏而无动于衷。2:25拼装才开始，按鲍教授的测算，得用3个小时。我们紧张得浑身汗透，那些安装工瞪着我们大感不解。

3:50，第一声鸟鸣差点把我吓尿了。天哪！我们想用翻建玩一个改变时间的游戏，看来我们要被时间玩了。

鸟鸣很快就连成了片，我一身虚汗，四肢冰凉，不敢看他俩的脸，生怕忍不住哭出来。

"啊？小盖、老过，下雨了！"鲍教授叫了一声。话音没落，雨就排山倒海地浇下来。"不能停！你们不能停！"鲍教授又叫，这回是冲那些想避雨的工人的。我如梦初醒，也上前催工人们抓紧。21世纪后半叶，人们已不会直接拒绝了，都把食指和拇指捻一下，等你发问。我说："多少？"工头说："60万。"我还想还价，鲍教授吼道："给他！"

雨一直下，5:31，屋顶被吊了上去，工人们开始拧螺丝。楼上几层屋里都是水，但我们赶上了时间！我正要松口气，忽然看到对面楼上一对老夫妻撑着伞站在阳台上瞪着这边。他们是什么时候冒出来的？老过也看到了，叫我赶紧把头扭过去，"别让他们认准你的脸！"他低声说。

5:43，吊车离开现场，各家人回来清理积水。我老婆扫了拖，拖了擦，这是我第一次见她这么认真地干家务。"那我通知搬家公司了。"

"别！"她猛地站起来，手上拎着那块巨大的抹布，"你还想要那些破东西？"

"怎么啦？我们的家具呀。"

"这么好的房子，我们还不换新的？"

有4/5的居民跟她想法一样，搬家公司不乐意了，他们要开到很远的地方才能把那么多旧家具扔掉，我们只好每家多付2000元，其实那会还不到 24 小时。

　　对面楼上的那对老夫妻大概向上反映了情况，房产局派人来调查。其实他只要敲敲墙壁就能发现问题，砖头和预制板的声音肯定不一样，但他就是没敲，最后指着墙上那两行字问："这个吴小莉现在多大岁数了？"

　　我告诉他现在楼里没有叫吴小莉的人，我也不记得曾经有过。他问我哪年出生的，我说 2046。"难怪。"他说，很惋惜的样子。

　　鲍教授又深居简出了。他让我问大家是否同意天转凉后把大楼粉刷一遍，因为到那时就不会再出问题了。大家都说："同意、同意，不急、不急。"

　　只有老过还经常约我出来喝酒。家人都讨厌香烟味，我们就拎着冰啤酒去楼下坐着，盐水花生或盐水毛豆，难得也会斩 1/4 盐水鸭，反正怎么吃都是盐水的。

　　我们不怎么说话，用大量时间看自己翻建的家，看着看着就不约而同举起啤酒。

　　"哎，你怎么喝这么慢？"

　　"差不多呀，你看我这口。"我喝了，然后和他一起剥盐水花生。

　　嚼花生的时候我会想起一句老话：远亲不如近邻。要不是翻建这幢楼，这句话早就死透了。

隔着马路呼喊你的名字

无土之地

那天我妈叫吃饭，我磨磨蹭蹭地下了楼，饭桌已布好，但厅里没人。我正要叫，就听我妈说："慢点、慢点。"我回头一看吓一跳，我爸手撑着腰，由我妈扶着出了大房间。我赶紧上前："爸，你这是怎么啦？"我妈说："你爸扭了腰。""什么时候的事？""上午，卖树苗的时候。"

都是我妈在回答，我爸只从牙缝里吸气，入座后长叹一声。我说："爸，以后要小心……"他打断我："你拿个酒杯来。"酒杯就在桌上，我把它摆到他面前，爸却说："给你自己拿一个。"他知道我只喝啤酒的，但他此刻神情庄重，我只好照办。

果然，他要我从此负责打理我们家的地。他说他才50多岁就成了这样，很不过意。腰疼早就有，他一直以为注意一点就会好，现在看来不是那么回事。爸端起酒杯："鸿飞啊，你连对象还没谈，爸对不住……"他眼里闪着泪光，我赶紧说："爸放心，我会把那点地打理好,爸的腰也会好的,来,祝老爸早日康复!"

第二天,我绕着我家的地来回走了几趟,14亩4分地,我有生以来还是第一次仔细打量。雪松、茶花、石榴、梅树、紫玉兰……听说这两年苗木价格上扬,那,现在地里的这些能不能值一百万?要不,两百万?我不敢想更多,不过我们村千万元户不稀奇。

分田到户的时候我还没出生,当时我家人多,我太奶奶、我爷爷、奶奶、我大姑、我爸和我小姑,6口人,每人2亩4分。听着挺吓人的,但我们这儿是丘陵,高高低低的不好耕作,还缺水。据说,我爷爷当年绕着14亩4分地转了好几天都拿不定主意,以当时的地形、路况推算,他走的距离是我现在的好几倍。

我爷爷那会还是生产队长,很多队员站在我家地头,有几个还跟着他走:"队长队长,你发话呀,我们接下来种什么?"

"政策给你们了,想种什么种什么!"以我爷爷的身份,有些话是不能说的,他只好使劲甩胳膊,"除了国家定额都是你自己的!还问我干吗?"

种苗木是我爷爷的表哥给出的主意,他是林场职工。我爷爷憋了几天,想找人说话,去林场和他表哥在树荫下喝掉一瓶地瓜干酒。我爷爷还没尽兴,他表哥却不敢再喝了——有单位订购了树苗,他们有但不够,得满山遍野去找。爷爷的表哥忽然叫起来:"哎,你种苗木!这个来钱!"

"你们国营林场就在跟前,我种苗木,找死啊?"

"林场?我们就是跟赚钱的事对着干的!"

我爷爷酒量还行,但那天喝猛了,再说树荫下想必没什么下酒菜,所以他在回家路上找棵大树底下睡了一觉,到家已天黑。他不理我太奶奶和我奶奶的追问,一个劲地说:"我们种苗木。我们种

苗木。我们种苗木！"声音越来越大，最后像是在咆哮。

最初几年我家还是种了些庄稼的，为一家人的口粮和国家征购，但我爷爷的精力全在树苗上，育种的、插枝的甚至从林场"顺"来的，反正怎么省钱怎么来。只要出门，他总能带些树苗回来，有的都叫不上名。树苗生长周期长，头两年只出不进，村里人都说我爷爷脑子坏了，改选时他被选了下来。按我爸的说法，少了干部津贴，我家立刻就成了全村最穷的人家，我两个姑姑就是在那时出去的。

我大姑父是炼油厂的消防队员，三十几了还没找到对象，偏偏又在一次油罐失火事故中失去了一条胳膊。上级估计靠他自己恐怕得打一辈子光棍，就特批一个农转非名额给他，并答应婚后安排女方在厂里上班，国有企业内的大集体编制。我大姑不知从哪得到了这消息，三天跑去两趟，回来就跟我爷爷说要结婚。婚礼上家里人才知道大姑父比大姑大14岁。

大姑是秋天结婚的，开年春季征兵小姑也走了。我小姑长得好看，嘴也甜，我太奶奶舍不得她去当兵，我爷爷只说了一句话太奶奶就同意了。"妈，我们家树苗还不晓得什么时候才能卖出去呢！"

小姑参军不到半年，我太奶奶一病不起，临终也没见到她最喜欢的孙女。不过小姑比大姑出息多了，她嫁给了一个军官，十多年前转业时小姑父是副军级、小姑是正团级。小姑父已从政协退下来了，小姑现在还是文联副主席。他俩年龄差多少全家人都不知道，不好意思问。

我爸留在村里，土地面积就是回报，所以我今天走了好几里路。

雪松林里有一片新坑，显然就是我爸昨天扭了腰的地方。我忽然发现一人多高的雪松树梢只与我脚面齐平，就是说我爸的腰是在把树苗举过头顶时扭了的，每棵树苗还带着一大块土呢！邻家的情况也都差不多，徐小燕家地里还积着一汪水。

回到家，妈说我爸一夜没睡安稳，正补觉。我轻轻推开大房间的门，我爸睡着了还皱着眉，侧卧的身体弓得很厉害。

这一幕我好像在哪见过？

啊？我愣在了那里——我爸现在的睡姿以及他的气味都和临终前的爷爷很像。

我不敢多看，上楼去自己房间。妈追上来，在门口问了两遍我才回过神来："啊？不，让爸再睡会儿。"

爷爷去世时我还很小，那时我家境况已经很不错了。村里没有像样的饭店，爷爷经常把客商带回家吃饭，他们看到我家的房子都惊叫"别墅、别墅"。他们一直叫到现在，因为我家在30多年里盖了三次房，第一次的样子太土，第二次盖得不够大，第三次是我爸盖的，那时我都十几岁了。最忙的时候我家厅里摆过三桌，他们都夸农村土菜好吃，其实我妈刚过门就去县城找正规厨师学了几个菜。当然，来吃饭的都是客户，人多只说明我家生意好，从我记事起一直好到现在。

关于爷爷，我最初的印象他总是两手叉腰，很有派头。我家富起来后，他又被推举为村委会主任，据说没过几年村里家家盖了楼。后来我爷爷不想当干部了，但全村人都不答应，他每届请辞却每届都选上，好容易辞掉了，没多久他就躺倒了。他的房间我一直不大敢去，他躺着，身子弓得很厉害，房间里总有一股味，门窗大开也有。爷爷咽气前，爸拉我到他床前，爷爷睁着眼，但我不知他能不能看到我，因为他眼珠灰黄灰黄的，是一种无法形容的颜色。

我想哭，说不清是难过还是害怕，但不敢哭出声。我爸捏我两下，他是叫我哭出来还是叫我忍住别哭，我到现在都没弄明白。

一个突如其来的想法令我目瞪口呆：近四十年的苗木种植把我爷爷和我爸打造成了一个模样，而压弯他们腰的正是随苗木而去的土，从路牙到苗圃近两米的落差，14.4亩。天哪，这块土有多重？我和我的后代到晚年可能也是弓腰躺着，直到我家完全没土为止。那以后我家干吗？14.4亩的大坑，做鱼塘的话得灌多少水？我晕。

我爸的电话响了，然后是他的叫声——他总是用最炸耳的铃声，还总是吼叫着打电话，往常我听到就烦，今天听着却是种安慰：我爸只扭了腰，没伤元气。然后我听到了厨房开炒的声音，似乎还闻到了芹菜肉丝和酸菜鱼味，都是我爸的偏好。

爸的电话打完了，我赶紧下楼看他要不要帮忙，但他已出了房间，扶着墙抽抽鼻子说："真香！"我扶他坐下，又小跑去厨房端菜。我妈误解了，"饿了吧？还有一个番茄炒蛋，马上好！"我说："我不饿，我帮你端菜。"妈看了我一会才说："鸿飞真的懂事了。"她的眼睛亮亮的，却让我惭愧。

饭桌上，我爸说祁总明天上午带人来取第二批货。祁总是做小区绿化工程的，大胖子，特能吃而且吃什么都叫好。他买我家苗木有十几年了，这次比平常订得多，雪松、茶花、石榴和紫玉兰。雪松昨天已拉走，我爸就是在那时扭了腰。

"明天他们可能先提紫玉兰或茶花，反正总是先挖大的，他们回去好布局。"

我想跟爸说土的事，正犹豫怎么开口，爸又叹一声："大的带走的土也多啊。"

我一愣，"爸，你注意到土的问题了？"

"土一直在减少,我又不瞎。"

"那得想办法解决呀!"

"怎么解决?苗木就得连土卖,要不怎么移得活?苗木贵就贵在这儿。种庄稼土是不损失,要是种庄稼到现在,这些都从哪来?"他的手到处指。

我说不出话来,爷爷和我爸可能在我没出生时就意识到了这个问题,而我却到今天才发现。但事情又好像没爸说得那么简单,日子的确好了,可这明摆着不是长久之计,更何况搭进了爷爷和爸的腰。我是希望他们在晚年四处走走看看,最好去环游世界,他们的腰板肯定不如年轻时挺直,但绝不至于一年到头弓着身子侧卧在床。

那顿饭我没吃出味来,在那天余下的时间里我脑子是空的。"原来是这样。"我隔一会念叨一声却无所指,"原来是这样。"

第二天祁总他们到达时,我和几位帮工已经在地头等了一会了。帮工都是外地人,有两个在我们村帮工已超过二十年了。他们说他们在家乡的楼房就是照我家的式样盖的,只是院子更大。"我们那边房子不值钱,再大也不能跟你家比。"他们嘿嘿笑,我却笑不出来。他们付出了劳动,挣钱应该,但他们挣钱的过程就是我家的土减少的过程,而他们家的土一点都没少。

我要求他们起树苗的时候尽量少包土,他们说他们知道,不过客户未必答应。

祁总带了两辆卡车来,一听我爸伤了腰,立刻说装完车就到我家去看望。装车开始了,帮工们在捆扎树苗前总要磕掉一些土,祁总就叫:"不能磕、不能磕!这样我回去哪栽得活呀?"

我请他注意我家苗圃比路牙低了多少,再这样下去苗木就种不起来了。他一摆手："没那么严重，明后天我还来，给你家拉两车土来就是了。"

帮工们为难地看着我，我下到苗圃里，亲手一棵棵包扎，尽量多磕掉土。祁总也下来了："这点土肯定不行，你换一棵，我不能花钱买栽不活的树苗哎。"我们为土磨来磨去，花了不少时间。徐小燕听到动静，过来站在路牙上看。她家就在苗圃边上，她跟我从小同学。

大概是因为我太坚持，装完车祁总脸上已没有一丝笑容了。我请他们到家吃饭，祁总说："我还有事，下次再去看你父亲。"卡车开走时，我分明感觉我家又少了两车土。

"今天怎么是你发货？"徐小燕终于开口，不等我回答又说，"你做得对，看到我家地里的大水坑了吗？"

她家跟我家情况相反，分田时只有三口人，外公、外婆和她妈，后来才增加了她爸和她。她外公是最早跟我爷爷种苗木的，境况好起来之后招了个上门女婿。她爸家里清一色弟兄五个，她外公看中的大概就是这一点，谁知她妈也只生了她一个。村里人都看好我跟徐小燕，但我父母显然不愿意，他们没明说但我感觉得出来。想来也是，她家就她一个，我家就我一个，很难办。

我把我爸的情况告诉了徐小燕，还说了我两天来的思考。

"鸿飞你找个别的品种，不损失土的或者损失少的，我跟你做。"几年来只要我们单独在一起，她就用那样的眼神看我。我既想与她对视又怕失控，她长得不错但皮肤比较黑，跟她在一起我很踏实。

"要是有其他来钱的品种他们早做了。"我说。

"他们脑子哪有你好使呀？你上过农业大学呢！"

"但我学的是养殖专业！"

"养殖专业也行嘛。"

"养鱼这池子太大，养牛这草地太小。"

她笑得咯咯的："还是你脑子快，不过我们真可以试试哎。"看她开心的样子，我知道她并没太当真。

"该回家吃饭了吧？"我说，"忙了一上午，我都饿死了。"

"刚跟我说话就饿啦？"

"我真的很饿。"

"我最近经常不吃饭，你看我是不是瘦了点？"

"没瘦嘛。"

"讨厌！人家都减了四斤了。哎，哪天进城去看电影吧？"

"好。"

"那我等你话。"她白我一眼，走了。我看着她的背影，真看不出她哪里减了四斤。我忽然意识到我和她都不会离开村子，有好感却不能发展，我们在彼此耽误。

家里准备了祁总他们来吃午饭，见我一人回来，爸妈都很吃惊。"祁总呢？""哎，他不是喜欢吃我做的菜吗？""你没得罪他吧？"

"我请了他的，他说他有事！"这话我重复了好几遍。

饭菜很丰盛，我大口大口地吃，但爸妈似乎心事重重。饭后上楼时，我清晰地感觉到腰酸，而我才干了一个上午。这条路是该终结了，我不能躺在床上度晚年，也不能让我的后代做有地没土的农民。有人说将来农民比城里人富，我们这儿的人早比城里人有钱了，但四十年后呢？四十年后我们村未必存在，至少我现在想不出没有土的日子怎么过。

隔着马路呼喊你的名字

隔天祁总又来了,爸妈再三叮嘱要请他们来家吃午饭。祁总没食言,真的拉来了两车土,我连声称谢,随即傻眼了。他拉来的是建筑垃圾,石子、黄沙、碎砖瓦、水泥块比泥土还多。"停、停、停下!"我朝司机大叫,他正把自卸车厢升起来,"这不是泥土嘛。"

"工地上的,都混在一起了。"祁总说,"反正种树苗的土,要求也不高。"

我告诉他种树苗对土要求特别高,树苗根嫩,土里有硬东西根就扎不下去。

"那我倒路边吧。"

"路边哪能倒?路不堵死了吗?"

"我总不能拉回去吧?"

我想到了徐小燕家苗圃里的大坑,赶紧叫她出来,问她要不要。她看了下,说垫坑没问题。不料苗圃间的路太窄,弯又太陡,车卡在拐弯处进退两难。司机骂骂咧咧,祁总急得跺脚,好容易才把两车渣土倒进了徐小燕的苗圃,离水坑还有一段距离。

开始起树苗了,我下到苗圃里跟帮工一起干。祁总在上面盯着,忽然跑下来拦住我的手。"鸿飞,我进你家货已经十几年了,叫你声侄子也不为过,你给的土太少,除非你加土重新包,否则这样的树苗我不能要。"

我说:"你回去种,不活再来换,我认账。"

"来换?你晓得我请工人、租车子多少钱一趟?你不肯加土是吧?"他看着我,"好,那这次合同到此就算中止了。前面的钱我照付,跟你父亲我都不好意思计较违约的事。我们走!"

我急了:"我爸妈等你们上家吃饭呢!"

"合同都中止了，我好意思再去吃？"

卡车开走时车厢咣咣晃动，很轻盈的样子。我愣愣地站了很久，真不知道是该高兴还是该难过。

我刚进院子我爸就吼起来了："你想干什么？你到底想干什么？"他撑着桌子想站起来，我不敢上前扶他，因为他涨红了脸。"干了两天就把十几年的老客户气跑了！你到底想不想干？啊？"

"他要的土太多！"

"你给他就是了！他不是还拉了两车土来吗？"

"那哪叫土呀？都是建筑垃圾！"

"你把土筛出来就是了，建筑工地上还能有什么好土？"

"你自己去看，那个土还值得筛？"

"不值得筛你也收下！还有哪个客户这样做过？"

"我不会弄虚作假，建筑垃圾我收它干吗？"

"为了十几年的关系也要收！才两天你就把好好的生意败掉了！"

我大叫："你们才三十几年就把土都败掉了！你们的后代根本干不了三十几年了！"

我爸一愣，突然扇了我一个大耳光。

我反锁了房门在床上躺了很久，脸还有点麻，但我已不恨我爸了。这是他第一次打我，打出了我和他的真实距离。妈来敲了好多次门，我一直没应。我在想我该去哪里。大学毕业后，我拎着行李就回来了，因为家里不缺钱只缺人手。其实我爸可以打理苗圃，干活有帮工，他露面就行，而那只需一辆轮椅。

我要离开这块无土之地，为自己、为后人找到晚年也能挺直腰板的活法。

隔着马路呼喊你的名字

我收拾了衣物,下楼的时候厅里居然没人。这样也好,免得闹得像分家一样。到了车站我才想起该跟徐小燕打声招呼,可跟她怎么说呢?

临下车时我才编好一条微信:

小燕:我走了,今天跟我爸闹了别扭。

我无法想象有地无土的农村,也不忍看我们村有地无土的过程。

此去前途未卜,我尽力闯荡。你我从小一起长大,有一句话我只对你说:

我爱生我养我的地方,我爱村里的每一个人。